CALMA

L'héritier d'une princesse

CLARE CONNELLY

L'héritier d'une princesse

Traduction française de
CÉLIA VAL

AZUR

HARLEQUIN

Collection : Azur

Titre original :
PREGNANT PRINCESS IN MANHATTAN

HARPERCOLLINS FRANCE
83-85, boulevard Vincent-Auriol, 75646 PARIS CEDEX 13
Service Lectrices — Tél. : 01 45 82 47 47 - www.harlequin.fr
ISBN 978-2-2804-9164-8 — ISSN 0993-4448

Composé et édité par HarperCollins France.
Imprimé en août 2023 par CPI Black Print (Barcelone)
en utilisant 100% d'électricité renouvelable.
Dépôt légal : septembre 2023.

FSC www.fsc.org
MIXTE
Papier issu de sources responsables
FSC® C159065

Pour limiter l'empreinte environnementale de ses livres, HarperCollins France s'engage à n'utiliser que du papier fabriqué à partir de bois provenant de forêts gérées durablement et de manière responsable.

Prologue

— Regarde comme c'est joli, *caro mio.*

Rocco Santinova, du haut de ses neuf ans, leva un visage sérieux vers sa mère puis darda son regard inquisiteur sur la vitrine. Il était grand pour son âge mais il dut se hisser sur la pointe des pieds pour apercevoir la féerie de Noël installée par le grand magasin new-yorkais : sur fond de montagnes enneigées se détachaient de petits sapins et des chalets traditionnels miniatures. Au premier plan patinait un groupe de mannequins de taille enfantine.

— On dirait le village où j'ai grandi, murmura sa mère d'une voix un peu lointaine, comme si elle se parlait à elle-même plus qu'à lui. C'est ravissant, non ?

Elle avait posé la question en italien, sa langue maternelle, et Rocco lui répondit de même :

— *Si, mamma.*

Quand elle baissa les yeux vers lui, des larmes y brillaient.

— Je t'emmènerai là-bas un jour. C'est en Italie, dans les Alpes. Nous pourrons skier sur des pentes aussi raides que celle-là, promit-elle en indiquant l'une des montagnes peintes en arrière-plan.

Le cœur de Rocco se mit à battre plus vite. Une pente aussi raide ? C'était un vrai défi à relever, et il adorait les défis

— Oui, reprenait sa mère, un jour, nous rentrerons à la maison...

Elle avait prononcé ces mots d'un ton un peu triste, que Rocco ne pouvait comprendre. Sa mère parlait souvent de « la maison » mais dans son esprit d'enfant, la « maison », c'était New York, et il ne savait pas comment le lui dire. Cela ressemblait à une trahison... Ses montagnes escarpées à lui, c'étaient les gratte-ciel de Manhattan. Un jour, il en posséderait un. Il se l'était juré.

— Dans mon village, poursuivait sa mère, le regard perdu au loin, il y a un restaurant qui fait la meilleure cuisine du monde. Nous y allions une fois l'an, le dimanche de mon anniversaire, après la messe.

Le sourire de sa mère était empreint de nostalgie et bien qu'il soit trop jeune pour décrire l'émotion qui le tenaillait, Rocco se sentait mal à l'aise. Il n'aimait pas voir sa mère triste. Elle regardait la scène villageoise avec une telle intensité et ses yeux brillaient si fort qu'il demanda :

— On skiera et puis on fera quoi d'autre ?

La question tira sa mère de sa rêverie.

— Tous les soirs, la semaine de Noël, il y a des petits chanteurs dans les rues, dit-elle doucement. Nous pourrons les écouter en buvant des chocolats chauds. C'était comme ça quand j'étais petite.

Elle prit la main de son fils dans la sienne et les cals qu'il sentit sur sa paume serrèrent le cœur du garçonnet. Sa mère travaillait dur à faire des ménages et il n'avait pas le pouvoir d'arranger les choses, ni d'effacer ses soucis. Il ne pouvait que l'écouter en hochant la tête...

Tout en regagnant le métro, elle lui parla de son village avec force détails. Une fois dans leur minuscule appartement de Brooklyn, Rocco se jura de la ramener chez elle un jour. Il était sa seule famille, c'était eux deux contre le reste du monde, et, dans son esprit de neuf ans, il en irait toujours ainsi.

Il ne pouvait pas savoir que dix ans plus tard, il serait seul, sans personne pour l'aimer… L'existence qu'il s'était promis d'offrir à sa mère serait à sa portée, certes, mais trop tard hélas pour changer la vie d'Allegra Santinova.

1

La princesse Charlotte de Rothsburg avait du mal à se calmer. Cela faisait une heure que son cœur battait la chamade – depuis qu'elle avait faussé compagnie à ses gardes du corps, à la fin de la cérémonie qu'elle présidait. L'idée de fuguer lui était venue d'un coup, et c'était merveilleusement amusant.

Charlotte avait toujours été une jeune fille sage, mais sa vie atteignait un tournant décisif : sous peu, on allait annoncer ses fiançailles avec le cheikh Abou Hemel. Il s'agissait d'un mariage arrangé, bien sûr, et si elle avait accepté, c'était par sens du devoir. Elle savait depuis toujours que son destin était de donner un héritier à la famille royale. Sa mission, c'était d'assurer la continuité de la lignée, de donner au royaume l'enfant que son frère ne pouvait avoir.

Elle avait été élevée dans cette idée mais cela ne signifiait pas qu'elle acceptait cette destinée, ni qu'elle devait se jeter dans l'avenir prévu pour elle sans un soupçon de rébellion. C'était sa dernière chance de goûter à la liberté. Après, il faudrait se soumettre...

Délibérément, elle repoussa de son esprit le souvenir d'une autre occasion où elle avait franchi les limites. Ce n'était pas le moment d'y penser ! Oui, les suites avaient été difficiles mais à l'époque, elle n'était qu'une toute jeune fille. Aujourd'hui, Charlotte était une femme sûre d'elle-même et cet acte de rébellion n'avait rien à voir avec son erreur de jeunesse. Cette petite escapade n'aurait aucune conséquence. Elle voulait juste goûter à la vie nocturne new-yorkaise sans la présence constante de ses gardes du corps. Ils ne l'auraient d'ailleurs jamais laissée venir ici...

Frémissante d'excitation, elle se glissa dans le bar bondé, inspirant avidement les parfums capiteux des femmes et la fumée des cigares mêlée aux odeurs d'alcool. Le brouhaha était assourdissant, au point qu'elle dut se concentrer pour entendre la musique classique diffusée en arrière-plan.

Arrivée au bar, Charlotte prit un moment pour détailler ceux qui l'entouraient. La plupart des convives ressemblaient à des cadres de haut niveau : les hommes étaient en costume sur mesure et les femmes en robe de cocktail, hauts talons et colliers de perles. Rien d'étonnant dans ce bar de Manhattan proche de Wall Street, bastion de la finance américaine.

Tout ceci était pure folie, songea Charlotte. Ses gardes du corps seraient probablement licenciés à cause d'elle... Elle n'aurait jamais dû s'enfuir. Mais l'idée de prendre l'avion pour New York, de présider une cérémonie – une de plus ! – pendant laquelle elle devrait se surveiller et sourire pendant des heures, pour se voir conduire à sa chambre d'hôtel et repartir le lendemain, lui avait soudain paru insupportable. Elle n'avait rien prémédité, non, mais quand l'occasion de s'échapper s'était présentée, elle s'était glissée par l'un des accès arrière du bâtiment, avait longé les camionnettes des traiteurs et s'était retrouvée dans la rue bruissante de monde.

Tout à coup, elle perçut un rire masculin et instinctivement, se retourna. C'était un homme qui riait, et sa compagne, une jolie femme distinguée, se penchait vers lui, souriante, visiblement engagée dans un flirt que trahissait toute son attitude.

Une étrange sensation serra le ventre de Charlotte alors qu'elle étudiait le couple, et l'alchimie qui les poussait l'un vers l'autre. Existerait-il un semblable désir entre elle et le cheikh ? se demanda-t-elle.

C'était impossible à savoir, elle ne l'avait rencontré que deux fois et même s'il était bel homme, elle n'avait pas fantasmé en repensant à lui. Était-ce si important, au fond ?

Attirée par toute cette nouveauté, elle laissa son regard errer dans la pièce. Quand il se posa soudain sur un homme assis au bar, un peu plus loin, elle reçut un choc qui lui coupa le souffle.

L'expression de l'homme était déterminée. Ses traits presque durs, anguleux, lui donnaient un air impitoyable qui fit courir un frisson le long de son dos. En le regardant, grand, large d'épaules, musclé, elle imagina un animal sauvage qu'on aurait trop longtemps confiné derrière des barreaux. La bouche sèche, Charlotte le détailla, de ses chaussures de luxe à sa chemise dont un seul pan était entré dans sa ceinture et dont les manches roulées lui donnaient l'air de se moquer de tout. Son jean le moulait comme une seconde peau.

Ses joues étaient ombrées d'une barbe de plusieurs jours et ses yeux, sombres et en amande, ourlés de cils incroyablement longs et fournis, presque féminins. Ses cheveux courts et épais, sombres eux aussi, ondulaient légèrement.

Charlotte sentit une vague de chaleur inonder tout son corps, jusqu'au bout de ses doigts, avant de se concentrer entre ses jambes.

Elle entrouvrit les lèvres, bouleversée, alors qu'il levait son verre vers elle, un sourcil levé. L'invitation était implicite – *rejoignez-moi* – et, les genoux tremblants, elle s'exécuta en se demandant si elle ne jouait pas avec le feu. Le cœur lui cognait douloureusement contre les côtes. Elle aurait dû faire demi-tour. Elle aurait dû filer, rejoindre ses gardes du corps et s'excuser d'avoir disparu. Mais au lieu de cela, elle leva son menton d'un air de défi et s'avança vers l'inconnu.

Pas une fois elle n'avait remis sa vie en question.

Pas une fois elle n'avait laissé transparaître sa colère, ses blessures. Pas une fois elle n'avait exprimé le ressentiment qu'elle concevait à l'encontre de ses parents depuis qu'elle avait compris la raison de sa naissance. Elle n'avait été mise au monde que dans un seul but : fournir un héritier au trône, pour suppléer à son frère aîné.

Elle n'avait pas non plus discuté le choix de l'école où on l'avait envoyée, ni même celui de son futur époux. Tout le monde s'accordait à penser que ce chemin tout tracé était le sien, que cette vie qui serait la sienne lui convenait parfaitement… Et Charlotte s'était conformée à ce qu'on attendait d'elle, accomplissant son devoir avec le sourire, tout comme on le lui avait appris. Mais ce soir, la perspective d'un peu de liberté avait allumé un feu dans son ventre, qu'elle voulait nourrir et faire flamber haut avant de regagner la prison dorée qu'était son existence.

— Je peux vous offrir un verre ? demanda l'homme quand elle fut assez proche pour l'entendre.

Sa voix était profonde, marquée d'un léger accent : italien, grec ?

Elle savait bien qu'elle aurait dû refuser. Mais la satisfaction d'avoir échappé à ses gardes s'effaçait au profit d'un autre sentiment, plus complexe, qu'il lui aurait fallu examiner si elle avait voulu être raisonnable. Au lieu de cela, elle dévisagea l'homme, dardant sur lui un regard intense, séduite par la perfection de ses traits. À sa question, elle était incapable de répondre, la gorge serrée. Elle se contenta donc de hocher la tête et se força à parcourir les quelques mètres qui la séparaient du tabouret de bar, à côté de lui. Il ne s'écarta pas et quand elle s'assit, elle n'était qu'à quelques centimètres de lui. Elle huma une fragrance masculine et boisée qui redonna vigueur aux pulsations de son ventre.

— Merci, murmura-t-elle.

Il était beau à tomber et sans aucun doute très sûr de lui : n'était-il pas le seul, dans ce bar ultra-chic, à ne pas arborer de costume ? Visiblement, il n'avait nul besoin d'impressionner qui que ce soit.

— Qu'est-ce que vous prendrez ?

Elle inclina la tête sur le côté.

— Que buvez-vous ?

— Un whisky.

Charlotte plissa le nez.

— Trop fort pour moi. Je bois rarement.

— Champagne, alors ?

— Juste un peu.

La bouche de l'homme prit un pli cynique alors qu'il levait la main en direction du barman, commandant un champagne qu'elle savait exceptionnel. L'instant d'après, une flûte était placée devant elle et l'espace d'un instant, elle examina les bulles dorées qui éclataient à la surface. N'étaient-elles pas l'écho des battements frénétiques de son pouls ? Puis elle leva le verre en sa direction, en un salut muet.

Leurs yeux se rencontrèrent et une fois encore, les poumons de Charlotte se vidèrent d'un coup. La main qui tenait la flûte se mit à trembler légèrement. Elle reposa immédiatement son verre mais pas assez vite pour dissimuler à son compagnon le frémissement qui la trahissait.

Elle prit une rapide gorgée de champagne avant de repousser la flûte. Si elle n'y prenait garde, elle allait la vider d'un coup, ne serait-ce que pour alléger la tension de ses nerfs.

— Vous n'aimez pas ? demanda-t-il en se rapprochant pour se faire entendre, ce qui accentua la nervosité de Charlotte.

De si près, il mettait tous ses sens en éveil… La fragrance de son parfum était plus entêtante et la couleur de ses yeux – bruns avec des paillettes mordorées – plus complexe qu'elle ne l'avait cru au premier abord. L'échancrure de sa chemise révélait sa peau bronzée, et une toison sombre qu'elle eut soudain une envie folle de toucher. Elle se voyait y mêlant ses doigts et fut terrifiée par l'intensité de sa réaction. Jamais, du plus loin qu'elle se souvienne, elle n'avait ressenti un besoin aussi viscéral, animal, sans rime ni raison.

Ses yeux bleu pâle s'agrandirent, scellés aux siens comme s'ils étaient aimantés.

— Je n'aime pas quoi ? répéta-t-elle en fronçant les sourcils, se remémorant tardivement sa question.

Les yeux de l'homme désignèrent le champagne, puis revinrent se poser sur elle.

— Je bois peu.

— Préféreriez-vous autre chose ?

Elle laissa échapper un léger soupir de soulagement.

— De l'eau pétillante, ce serait parfait.

L'instant d'après le barman était près de lui, ce qui était un exploit au vu du nombre de clients qui se pressaient au bar. Ils restèrent silencieux pendant qu'on lui versait l'eau puis l'homme s'écarta légèrement, juste assez pour qu'elle se sente à l'aise en rafraîchissant sa gorge avec l'eau pétillante.

— D'où venez-vous ? demanda-t-il alors.

La question était directe, révélant sa confiance en lui.

Cela ne déplut pas à Charlotte. La plupart des gens lui parlaient avec révérence, impressionnés par son titre. C'était pour elle une nouveauté que d'être traitée en égale, sans aucun respect particulier, sans déférence. Et c'était aussi un plaisir de ne pas avoir été briefée sur les sujets qu'elle devait aborder dans la conversation !

Cependant, elle ne répondit pas directement, soucieuse de protéger le secret de son identité.

— Qu'est-ce qui vous fait croire que je ne suis pas d'ici ?

— À part votre accent ?

— Vous en avez un aussi, fit-elle remarquer, reprenant une gorgée d'eau et le détaillant avec une curiosité sans honte.

— Je suis né en Italie, répondit-il après une imperceptible hésitation.

— Ah, c'est bien ce qu'il me semblait.

Il se pencha un peu.

— Et qu'avez-vous découvert d'autre à mon sujet ?

Le pouls de Charlotte s'accéléra et elle croisa ses jambes tremblantes, en proie à une excitation impossible à réprimer : c'était tellement inhabituel qu'on flirte avec elle !

— Je...

Le sourire de l'homme était taquin et elle en ressentit les effets tout le long de sa colonne vertébrale. Elle se raidit un peu et plissa les yeux, essayant, sans y parvenir, de maîtriser le déferlement de ses émotions. C'était du désir qu'elle ressentait... Oui, elle était tentée pour la première fois en vingt-quatre années de vie.

— Vous... ? reprit-il.

— Eh bien, j'allais simplement dire que New York me fascine.

— Pourquoi ?

Elle fut soulagée qu'il accepte de changer de conversation.

— Tout va si vite ici ! Il y a tant de monde à Manhattan... Je me sens comme une petite fourmi anonyme.

— Et vous appréciez cette sensation ?

— Oh oui, vraiment !

Elle grimaça en pensant à sa vie toujours tellement cadrée. Jamais elle ne pourrait se trouver libre de vivre à Manhattan. Ç'aurait pourtant été merveilleux !

— Ici, j'ai l'impression de pouvoir agir à ma guise, reprit-elle.

— Et c'est nouveau pour vous ?

Elle tressaillit, fronçant les sourcils, se rendant compte qu'elle avait trop révélé d'elle-même.

— Dans quoi travaillez-vous ? lança-t-elle pour éviter de répondre.

— La finance.

Elle plissa le nez.

— C'est un vaste domaine. Qu'y faites-vous exactement ?

— J'investis.

Charlotte se mit à rire.

— Vous n'êtes pas très expansif… Des choses à cacher ?

— Non, mais ça n'a rien de bien intéressant.

— Je vois, fit-elle en hochant la tête avant de prendre une gorgée d'eau pétillante dont les bulles lui titillèrent agréablement la gorge. Et si vous disiez quelque chose de vous qui soit intéressant ?

— Que voudriez-vous savoir ?

Elle prit le temps de peser sa question et répondit :

— De quelle région d'Italie venez-vous ?

— Du nord.

C'était vague. À dessein… Elle reconnaissait la technique, elle-même entraînée à éluder les questions précises.

— Et l'Italie vous manque ?

— Non.

Il fit une pause et Charlotte se demanda s'il allait s'en tenir là mais au bout d'un moment, inclinant un peu la tête sur le côté, il reprit :

— Je m'y rends fréquemment.

— Pourquoi être venu en Amérique ?

— Ma mère voulait vivre ici.

Elle examina son visage : imaginait-elle la soudaine tension de ses traits, se trompait-elle sur son expression ?

— Pour le travail ?

— Non.

— Et votre père ?

— Il ne faisait pas partie du tableau. Ma mère a très bien réussi à m'élever sans lui.

— Vous êtes proche d'elle ?

Il lui jeta un regard en coin.

— Elle n'est plus de ce monde.

— Oh ! je suis navrée.

— Son décès remonte à loin, précisa-t-il, balayant d'un geste les regrets exprimés par Charlotte. Alors, vous trouvez mes révélations suffisamment intéressantes ?

— Je ne voulais pas me montrer inquisitrice. C'était juste de la curiosité.

— Et la curiosité n'est pas un crime.

— Non. J'ai l'impression que nous partageons tous deux ce trait de caractère.

— Qu'est-ce qui vous fait dire cela ?

Bonne question...

— C'est simplement une impression, répondit-elle honnêtement.

— Vous devinez facilement le caractère des gens ?

— À vous de me le dire. Je me suis trompée sur vous ?

— Non. Je suis curieux, c'est vrai.

Charlotte ne put s'empêcher de sourire, le cœur léger, soudain.

— Êtes-vous allé à l'école ici ?

— C'est mon tour à présent, rétorqua-t-il. Qu'est-ce qui vous amène à New York ?

Attention, Charlotte.

— Le travail, fit-elle, avec un léger haussement d'épaules qui agita ses cheveux blonds, lisses et sagement peignés. Rien de très intéressant...

Les prunelles sombres se rétrécirent, comme s'il percevait une partie de ce qu'elle voulait lui cacher.

— Et vous restez quelques jours en ville ?

— Je reprends l'avion demain.

— Cela ne laisse pas beaucoup de temps...

— Pour quoi faire ? demanda-t-elle d'une voix un peu essoufflée.

Le sourire de l'homme était une leçon de séduction.

— Pour explorer...

Elle détourna les yeux, embarrassée.

— Non, et c'est dommage. Il n'y a jamais assez de temps pour cela.

— Vous voyagez beaucoup pour votre travail ?

— Oui, presque chaque semaine.

— Et cela vous plaît ?

— Cela dépend de ce que j'ai à faire.

— Quel est votre lieu favori ?

— En fait, j'adore l'Italie, dit-elle avec un soupir. Tout me plaît là-bas, la cuisine, la culture, l'histoire, les paysages... Mais par-dessus tout, j'aime...

Elle s'interrompit, gênée de ce qu'elle allait dire.

— Les hommes ? compléta-t-il en levant les sourcils de façon si comique qu'elle pouffa, surprise de le voir plaisanter alors qu'il semblait si sérieux.

— Vous m'avez percée à jour ! répliqua-t-elle sur un ton amusé. Non, ce que j'aime, c'est le sens de la famille des Italiens. Toutes les générations qui se rassemblent autour d'un bon repas, pour rire et boire du vin sous la treille... Ma vision des choses peut paraître un peu idéalisée mais quand je vais là-bas, c'est ce que je vois. Et puis vous connaissez le proverbe : l'herbe semble toujours plus verte ailleurs...

Elle étouffa un soupir.

— Ce n'est pas ainsi avec votre famille ?

Jamais Charlotte ne partageait les détails de sa vie personnelle – elle avait durement appris la leçon au lycée où l'on avait trahi sa confiance d'une façon qu'elle ne pourrait jamais oublier. Mais cette fois, c'était différent. Se détendre était sans danger. Après tout, l'homme qui lui faisait face ne savait pas qui elle était. Une fois cette parenthèse close, elle reprendrait son rôle de princesse, sans qu'il puisse jamais se douter de son identité.

— Ma famille ? Non, nous ne sommes pas très proches, dit-elle en choisissant soigneusement ses mots car pour autant qu'elle accepte de se livrer un peu, il ne fallait pas brûler ses vaisseaux. Mes parents étaient déjà âgés quand ils m'ont eue. Mon frère était adolescent.

— Vous êtes ce qu'on appelle un accident ?

— Au contraire... J'étais voulue mais cela ne change rien.

— Vraiment ? Si vous étiez désirée...

Planifiée, ce qui n'était pas la même chose...

— Votre vision des choses est réductrice. Bien des enfants arrivent par hasard et pourtant, ils sont aimés... Et puis il y a ceux, comme moi, qu'on a conçus comme une police d'assurance. Dans ce cas, c'est moins l'enfant pour lui-même qui compte que le rôle qu'il doit jouer dans la famille.

— Et quel est votre rôle ?

— Je suis un plan B...

— Pour pallier quoi ?

— Mon frère est tombé malade alors qu'il avait onze ans.

— Gravement ?

— La famille a cru le perdre.

Elle baissa la tête, se gardant bien de développer : comme il était l'héritier du trône, sa mort aurait déclenché une crise constitutionnelle...

— Raison de plus pour que vos parents se rapprochent de vous, non ?

Peut-être aurait-ce été le cas dans une famille normale mais la sienne n'avait rien de normal. Ses parents étaient liés par les devoirs de leur charge.

— Cela n'est pas que le problème de mes parents, dit-elle après une courte pause. Je voulais toute la panoplie, les grands-parents, les cousins, le bruit, les rires... De la famille à ne plus savoir qu'en faire...

— Et à la place, vous vous êtes retrouvée isolée.

— Oui, répondit-elle, surprise de son intuition.

— Je peux comprendre cela.

— Vous aussi vous souhaitiez une grande famille ?

— Les souhaits et moi, ça fait deux, répondit-il avec un sourire nostalgique. J'aurais souhaité changer tant de choses...

— Quoi ? demanda-t-elle sans même se rendre compte qu'elle l'interrompait tant il la fascinait.

Il termina son verre et le reposa sur le bar.

— Ma mère travaillait dur. Elle voulait le meilleur pour moi et elle a tout fait pour l'obtenir. Je voulais la remercier mais elle est partie avant que je ne puisse le faire.

Charlotte hocha tristement la tête.

— Je suis sûre qu'elle était très heureuse de savoir que vous vouliez l'aider.

Leurs yeux se trouvèrent, et la poitrine de Charlotte se mit à brûler. Elle se leva brusquement, débordée par le désir qu'elle éprouvait pour cet inconnu. La situation lui échappait, il fallait en finir.

— Je... dois y aller, maintenant.

Il la détailla un instant et hocha la tête.

— Je vous raccompagne.

— Vous n'êtes pas obligé de...

— J'allais partir moi aussi, dit-il en se levant à son tour.

Il posa la main au creux de ses reins et ce simple contact la bouleversa. Elle leva les yeux vers lui mais se détourna vite, les joues rougies par le désir.

L'air autour d'eux semblait vibrer, il le sentait par tous les pores de sa peau. La main qu'il avait posée sur elle tremblait du désir d'aller plus bas, d'épouser les courbes de ses fesses. Il voulait la respirer, la goûter, entendre sa voix douce prononcer son prénom... Au fait, comment s'appelait-elle ? Ils ne s'étaient même pas présentés. Leur échange avait mis le feu en lui, réveillant des sens qu'il travaillait dur à garder sous contrôle pour la simple raison que Rocco Santinova détestait perdre le contrôle.

Un froid glacial les accueillit à la sortie du bar et elle frissonna sous son manteau de laine. Il le sentit.

— Laissez-moi vous appeler un taxi, proposa-t-il alors que c'était la dernière chose qu'il voulait, peut-être pour se tester.

Elle accepta et la déception le transperça comme un poignard. Puis elle leva les yeux vers le ciel.

— On dirait qu'il va neiger...

— C'était prévu par la météo.

L'air un peu perdu, elle jeta un regard circulaire autour d'elle. Il comprit l'émotion qui passait sur son visage : elle avait aussi peu envie de le quitter que lui. Il y eut comme une explosion de triomphe dans sa poitrine.

— J'habite au coin de la rue, reprit-il doucement. Voudriez-vous venir voir la vue qu'on a de là-haut ?

Il jouait son va-tout et attendit, sur des charbons ardents.

— Je...

Les mots lui manquaient, elle avait la bouche sèche, déchirée entre ce qu'elle avait vraiment envie de faire, et ce qu'elle savait être son devoir. Mais retourner à l'hôtel, se soumettre aux mesures de sécurité, c'était se rapprocher du mariage... Mariée sans avoir jamais vécu ? Brutalement, cet engagement lui parut insupportable.

Il insista.

— C'est l'une des meilleures vues sur la ville. Imprenable.

— Imprenable..., répéta-t-elle, désemparée.

Pourquoi ne pas accepter ? Pour une fois, agir spontanément ? Ce serait peut-être goûter à la vraie vie, celle qui lui échappait depuis vingt-quatre ans. Elle avait soudain le pouvoir de changer cela, ici, maintenant.

— D'accord, dit-elle en un souffle.

Elle se consumait d'une telle audace mais rien ne l'aurait fait renoncer à présent. Elle leva le visage vers le sien, un défi dansant au fond de ses yeux clairs.

— On y va, alors ?

— Oui.

2

Charlotte ne savait même pas à quoi s'attendre, trop bouleversée pour raisonner. Cependant, comme les portes de l'ascenseur s'ouvraient sur un appartement en terrasse de la Cinquième Avenue, elle comprit que cet homme avait sérieusement les moyens.

Des lieux comme celui-ci coûtaient des dizaines de millions de dollars… Et pourtant son compagnon ne ressemblait pas du tout aux hommes qui disposaient d'une pareille fortune.

— Voilà, vous allez pouvoir admirer la vue, dit-il en désignant l'immense baie vitrée qui donnait sur l'horizon.

Sa voix profonde s'enroula autour d'elle, chassant tout ce qui n'était pas la conscience palpitante qu'elle avait de lui.

L'air entre eux crépitait d'une tension électrique, cette tension dont elle avait seulement entendu parler dans les livres. Mais il y avait plus encore. Tout en lui la fascinait, son esprit, sa voix, son intuition… Bavarder avec lui était un délice. Jamais auparavant elle n'avait eu de conversation aussi détendue et elle n'en était pas rassasiée.

— Laissez-moi prendre votre manteau.

Elle déboutonna son vêtement et se retourna pour le lui tendre. Leurs yeux se rencontrèrent et il la détailla, de l'échancrure de son chemisier à sa taille mince, puis il passa à la courbe de ses hanches et finalement, remonta vers ses seins, s'y attardant une seconde de trop. Charlotte eut soudain l'impression d'être un top-modèle et non une jeune femme comme les autres...

Il s'écarta pour accrocher son manteau à une patère et la regarda à nouveau, cette fois à une distance plus respectueuse. Malheureusement, cela ne calma pas pour autant les battements frénétiques de son cœur.

— Voulez-vous un verre ?

Elle secoua la tête. Une gorgée supplémentaire de champagne la pousserait peut-être à se confier et elle le regretterait par la suite. Mieux valait garder la tête froide.

— Non, merci. Parlez-moi plutôt de cette ville...

Il la rejoignit, et chacun de ses pas donnait à Charlotte l'impression qu'un félin s'avançait vers elle. Pourtant elle ne bougea pas. Quand ils ne furent plus séparés que par quelques centimètres, il pencha la tête vers elle.

— Je ne sais pas si vous en êtes consciente mais vous donnez beaucoup plus d'ordres que vous ne posez de questions.

Elle prit une brève inspiration, choquée encore une fois par sa perspicacité, affolée de tant révéler d'elle-même, bien malgré elle.

— Cela vous pose problème ? rétorqua-t-elle.

— Non, je trouve cela amusant, dit-il avec un sourire qui lui fit battre le cœur. Que voulez-vous savoir sur la ville ?

Si seulement elle avait eu le temps d'y réfléchir ! Mais son cerveau était en déroute.

— Eh bien, les gratte-ciel...

Elle s'approcha de la baie et eut un geste vague en direction de l'horizon hérissé de constructions toutes plus audacieuses les unes que les autres. Il l'avait suivie et quand la main de Charlotte retomba, elle effleura la hanche de son compagnon. Mais elle ne la retira pas car c'était incroyablement bon de le toucher. Elle leva les yeux vers lui, les sourcils froncés dans l'effort qu'elle faisait pour chercher à comprendre.

Qu'y avait-il à comprendre ? Elle perdait pied, il fallait partir. Trouver n'importe quelle excuse et filer d'ici !

C'était la seule chose à faire. Et pourtant, elle n'y était pas prête. Pas alors qu'elle se sentait vivante pour la toute première fois ! Ses pieds étaient collés au plancher et toute sa vie se résumait à cet homme, à cet instant hors du temps.

Il tendit la main pour la poser au creux de ses reins comme il l'avait fait au bar, et la réaction de Charlotte fut la même : du feu coula dans ses veines.

— Là-bas, c'est l'Empire State Building, expliqua-t-il en la faisant légèrement pivoter. Vous savez que lorsqu'on l'a achevé, c'était le bâtiment le plus haut du monde ?

Elle reconnut la forme du célèbre gratte-ciel et s'imagina tout en haut, prête à tomber… C'était exactement ce qu'elle ressentait face à cet homme alors que du pouce, il flattait doucement le creux de ses reins, suscitant en elle des sensations jamais encore éprouvées, révélant sa féminité. Elle brûlait soudain d'en apprendre plus sur elle-même, d'explorer le désir qui la parcourait, vieux comme le monde mais inédit pour elle. C'était un moment si intense qu'elle dut lutter pour reprendre son souffle.

— Quand nous nous sommes installés à New York, ma mère et moi, j'étais fasciné par l'Empire State Building, admit-il, presque à contrecœur.

— Vous alliez en haut tous les week-ends ?

— Nous ne pouvions pas nous offrir l'entrée. En fait, je n'y suis jamais monté.

— Vous plaisantez ?

— Y a-t-il là matière à plaisanterie ?

— Non, évidemment pas, mais c'est surprenant…

Elle se tourna pour lui faire face et le regretta immédiatement, car son visage dégageait une telle virilité qu'elle sentit son estomac se nouer. Elle avait l'impression d'être un cerf-volant pris dans un ouragan…

— Je serais incapable de dormir si j'avais une telle vue de ma chambre, ajouta-t-elle sans réfléchir.

Puis elle réalisa le sous-entendu et, honteuse, se détourna vivement.

— On s'habitue à tout.

Le cynisme de sa voix aiguillonna sa curiosité.

— Est-ce que vous...

Elle s'interrompit, puis reprit :

— Au fait, je ne connais même pas votre nom !

À cette idée, un frisson de plaisir la parcourut : cela rendait le moment encore plus délicieux. Quand elle s'était réveillée le matin même, elle n'aurait jamais pu imaginer que sa journée allait finir ainsi !

Il la regarda comme s'il avait du mal à croire qu'elle ne l'ait pas reconnu.

— Rocco San...

Elle l'interrompit d'un doigt prestement posé sur ses lèvres. Si elle ne savait pas son nom, elle ne serait pas obligée de révéler le sien. C'était pour cela qu'elle avait osé ce geste mais le contact de ses lèvres avait mis le feu en elle.

— Évitons les noms de famille.

Car son nom, il l'aurait forcément reconnu, même s'il ne la reconnaissait pas, elle... Sa famille était l'une des plus anciennes d'Europe. Bien sûr, Hemmenway n'était qu'un petit pays mais son emplacement, au croisement de routes commerciales vieilles de plusieurs siècles, lui avait conféré un pouvoir politique certain, ainsi qu'une prospérité solide. Mieux valait ne pas se présenter comme une Rothsburg si elle voulait profiter encore un peu de sa liberté.

— Je m'appelle Charlotte, reprit-elle, rassurée de ne voir aucun signe de reconnaissance dans le regard de Rocco.

— Cela vous va bien...

Elle avait gardé le doigt sur ses lèvres et son souffle tiède attisa en elle des braises incandescentes.

Elle retira son doigt très vite mais le plaisir restait là, teinté de culpabilité car ses gardes du corps devaient à ce moment même se faire réprimander pour l'avoir perdue… Mais elle n'avait qu'une vie et méritait bien de la vivre pleinement, ne serait-ce que pour un bref instant. Elle n'avait pas demandé à être princesse d'Hemmenway, ni à avoir un frère qui ne pouvait engendrer de descendance. Elle avait supporté toute sa vie les exigences de ses parents, elle y avait toujours souscrit dans l'espoir que son obéissance lui vaudrait un peu d'amour de leur part, en retour. À vingt-quatre ans, elle avait abandonné tout espoir de ce côté-là…

Inconsciemment, ses lèvres s'entrouvrirent. Elle n'avait aucune expérience avec les hommes, pas plus qu'elle ne savait cacher ce qu'elle ressentait. La séduction était un territoire inconnu pour elle. Quelqu'un comme Rocco, qui, elle l'imaginait, ne manquait pas d'expérience, devait pouvoir lire en elle comme à livre ouvert.

— Vous aimez vivre dans cette grande ville ?

Le sang qui battait aux tempes de Charlotte lui masquait presque le son de sa propre voix.

— Certains jours…

— C'est une réponse énigmatique…

Il fit une grimace qui pouvait passer pour un sourire.

— Que dire ? Je suis un homme plein de mystères.

— Comme James Bond ?

— James Bond ? C'est un petit joueur à côté de moi !

Il accompagna sa déclaration d'un clin d'œil et elle éclata de rire. Cet homme très sûr de lui-même semblait étranger à l'humour et pourtant…

— Dois-je craindre le danger qui entoure les espions ?

Elle avait répondu sur le même ton badin, mais comme s'il voulait la protéger d'un danger, il s'approcha, et leurs corps se frôlèrent, déclenchant un feu d'artifice sous sa peau. La chaleur entre ses jambes se fit liquide alors qu'elle levait les yeux vers les siens, le souffle un peu rauque.

Doucement, il fit glisser son pouce sur le contour de sa joue et elle savoura l'instant.

— Vous avez de beaux yeux.

Le compliment, joint au contact de sa main, la fit fondre.

— Je pensais justement la même chose à votre sujet, souffla-t-elle. En fait, je me demandais s'ils étaient plutôt bruns, ou dorés…

Il abaissa le visage vers elle, comme pour lui permettre de mieux voir.

— Et alors ?

— Je ne sais toujours pas…

Ce fut à son tour de se rapprocher. Son cœur battait à tout rompre. Le désir pouvait-il provoquer une crise cardiaque ?

— L'extérieur est sombre, reprit-elle, sombre comme une forêt mais à l'intérieur, on dirait un soleil.

— Un soleil ?

— Oui, je vous assure. C'est comme une poignée d'étincelles prisonnières au milieu de la forêt. Vous devriez y faire attention, c'est assez fascinant.

— Vous avez une imagination galopante.

— Je ne fais que décrire ce que je vois.

— Et que ressentez-vous ?

Le souffle de Charlotte se noua dans sa gorge.

— De la confusion, avoua-t-elle honnêtement.

Son sourire était si lourd de sensualité qu'elle se sentit basculer. Il posa les mains sur ses hanches.

— Puis-je faire quoi que ce soit pour dissiper cette confusion ?

Elle avala sa salive, essaya d'éclaircir son esprit mais c'était peine perdue. Dans sa tête tournoyait une foule d'images…

— Je… Les aventures d'une nuit, ce n'est pas pour moi.

Il eut un petit rire de gorge.

— Et pourtant ?

— Je mentirais en disant que vous n'exercez pas une… attirance sur moi…

Elle se mordit la lèvre, le cœur en déroute.

— C'est de la folie, dit-elle encore. Il faut que j'y aille.

— Voulez-vous réellement partir ?

L'estomac de Charlotte se noua et elle secoua la tête.

— Je ne sais pas…

— Il y a bien un moyen de vous aider à vous décider.

— Une liste de pour et contre ?

— Je pensais à quelque chose de plus pragmatique.

Son geste fut si rapide qu'elle eut à peine le temps de réaliser son intention avant que ses lèvres n'effleurent les siennes. C'était à peine un baiser et pourtant elle eut l'impression que son sang en était fouetté. Un sursaut la porta vers lui et elle agrippa sa chemise, alors que sa gorge laissait échapper un soupir.

Lorsqu'il s'écarta, à peine, juste assez pour voir son visage, elle murmura simplement :

— Oh…

— Cela vous aide ?

Charlotte passa brièvement la langue sur ses lèvres encore humides de son baiser.

Elle inclina un peu la tête.

— Je crois qu'il me faudrait un autre essai avant de me décider.

— Ça peut s'arranger.

Elle avait un goût de fraise et d'été, en dépit de la nuit glaciale. Quand il l'embrassa pour la deuxième fois, son sang se mit à bouillir dans ses veines et il ne parvint pas à se montrer aussi doux et tendre qu'il l'escomptait au départ. Sa bouche réclamait celle de Charlotte avec passion, il lui entrouvrit les lèvres du bout de la langue, ses mains la pressant contre lui. Charlotte n'était que courbes douces, elle ondulait sous la pression de son corps et l'excitation de Rocco fut immédiate. Elle ondula des hanches, l'invitant silencieusement à poursuivre.

Il suivit son instinct, se laissant guider, arrachant les pans du chemisier de Charlotte et trouvant sa peau nue, plus douce encore que ce qu'il avait imaginé. Elle frémit sous ses mains et il s'arrêta une fraction de seconde.

— Tu as froid ?

— Non..., répondit-elle dans un souffle, choquée autant que ravie par le soudain tutoiement.

Alors il reprit son baiser, souriant contre ses lèvres en déboutonnant son chemisier d'une main sûre. Enfin il put en écarter les pans et serrer Charlotte contre lui. Puis il s'écarta pour la regarder.

Elle était... magnifique.

Sa peau était dorée, sans la moindre imperfection, son ventre plat, sa taille fine, ses seins ronds généreux et il ne put se retenir de les toucher par-dessus le satin de son soutien-gorge.

— Je n'ai jamais fait cela de ma vie...

Il ressentit une décharge d'excitation : elle n'était pas partante pour les aventures d'une nuit... sauf avec lui. Cette pensée agit sur lui comme un aphrodisiaque. Il trouvait Charlotte différente, et cette différence le fascinait.

— Je promets de ne pas t'en vouloir pour cela, murmura-t-il en défaisant l'agrafe de son soutien-gorge.

Il entendit Charlotte retenir son souffle alors qu'il dénudait sa poitrine, l'exposant à son regard avide. Comme il la contemplait, il ne vit pas son visage rosir, ni ses dents mordre sa lèvre inférieure.

Il happa la pointe d'un sein entre ses lèvres, le flattant de la langue, ravi de la sentir frémir, si sensuelle et naturelle qu'il éprouva une nouvelle fois l'urgence de la posséder. Il se comportait davantage comme un adolescent inexpérimenté plutôt que comme un homme habitué à susciter le désir des femmes.

Mais Charlotte déjouait toutes les attentes. Il ne savait pas ce qui différait en elle et pourtant rien, cette nuit, ne se déroulait comme à l'accoutumée. Peut-être était-ce l'inattendu de leur rencontre, leur connexion immédiate ? Il bouillait d'impatience et la souleva dans ses bras, incapable de se contenter de l'embrasser et la caresser mais voulant la sentir tout entière, avec tout son corps. Il la porta jusqu'à sa chambre et vit son visage s'empourprer. D'un coup d'épaule il ouvrit la porte, savourant le goût de ses lèvres plaquées aux siennes. Il s'inclina pour la déposer sur le lit et elle garda les bras enlacés à son cou, son torse nu pressé contre sa poitrine.

— Magnifique, souffla-t-elle alors que se déployait devant elle, par la baie de la chambre, le côté nord de Manhattan, rutilant de lumières nocturnes.

— C'est précisément ce que je pensais, dit-il en la fixant.

Le désir agrandit les prunelles de Charlotte alors qu'elle attachait ses yeux aux siens. Il l'embrassa et elle gémit. De ses mains malhabiles, elle voulut le débarrasser de ses vêtements, désespérant de coller sa peau à la sienne, brûlant de caresser son torse, de sentir sa toison sous sa paume, et ses tétons fermes sous ses doigts.

Elle finit par lui arracher sa chemise et un petit cri de victoire lui échappa alors qu'elle pressait sa bouche au creux de son cou avant de descendre plus bas, taquinant ses pectoraux et goûtant du bout de la langue l'aréole sombre. Il en ressentit un plaisir si fulgurant, si inattendu que ses mains s'agrippèrent à elle. Elle releva la tête et lui offrit un sourire presque triomphal.

Bon sang ! Elle savait exactement ce qu'elle lui faisait… Il se sentit hors de contrôle et n'aima pas cela du tout. Rocco Santinova était le maître absolu de ses passions. C'était ainsi qu'il avait échappé à la pauvreté pour se hisser au sommet de la finance new-yorkaise, ainsi qu'il était devenu l'un des hommes les plus riches du monde. Il ne cédait jamais à ses impulsions, pas plus qu'il ne laissait ses appétits dicter ses actes. En ce sens, il était l'exact opposé de son père. C'était sa tête qui dirigeait ses choix, ni son cœur ni nulle autre partie de son anatomie.

Et pourtant, il se voyait perdre pied et cela était... incroyablement bon. Pourquoi ne pas se laisser aller, juste pour cette fois ?

Elle chercha des doigts son pantalon, et, d'une main hésitante, tenta d'en descendre la fermeture Éclair. Ce qui la poussait, Charlotte ne le comprenait pas. Elle avait l'impression d'escalader des montagnes russes à une vitesse terrifiante puis de redescendre en piqué. Son corps et son esprit avaient divorcé, dissociés, toute réunification impossible. Rocco lui faisait tourner la tête, l'embrasser était une drogue, un élixir de vie. Il devenait le sang de ses veines et rien d'autre n'existait plus, ni couronne, ni fiançailles, ni obligations, simplement et seulement lui, simplement et seulement ce moment.

Il était doux sous sa paume et son ventre musclé la rassurait, comme si un instinct venu du fond des âges lui faisait désirer la force physique chez son compagnon. Elle poussa un soupir de soulagement quand la fermeture céda enfin et il l'aida à faire tomber son pantalon, révélant la force de son désir pour elle sous le boxer noir.

Charlotte manqua défaillir en réalisant ce qu'elle était sur le point de faire mais quand il la reprit dans ses bras, la couvrant de baisers alors qu'il l'allongeait sur le lit, tout souci, toute culpabilité s'évanouirent. Il n'y avait plus que leurs corps enlacés, le feu qu'ils entretenaient l'un chez l'autre, la passion, l'urgence du besoin.

À son tour, Rocco la débarrassa de son pantalon, bien plus agile qu'elle ne l'avait été, et il caressa ses jambes, ses cuisses. Charlotte gémit. Bien sûr, c'était la première fois qu'elle connaissait une telle intimité avec un homme mais c'était si bon d'être dans ses bras, si enivrant. Et c'était aussi la première fois qu'elle se sentait femme. Il venait de la faire naître à elle-même.

La main de Rocco se glissa entre ses cuisses, puis revint se poser sur ses hanches alors qu'il se soulevait pour la regarder, l'expression de son visage impossible à déchiffrer.

— Tu me coupes le souffle...

Le compliment n'était pas mince mais elle l'ignora : que valaient les mots quand les corps pouvaient chanter ainsi ?

— Continue...

— Tes désirs sont des ordres...

Il ouvrit le tiroir du chevet pour y prendre une protection et alors qu'il l'ajustait, Charlotte se redressa sur les coudes pour l'observer. Son cœur battait non seulement de désir mais d'un soudain sentiment de panique. N'aurait-elle pas dû peser soigneusement les conséquences de ce qui allait arriver ? Mais quand Rocco fut à nouveau contre elle, l'instinct reprit le dessus et elle fut certaine de vouloir ce moment, certaine d'avoir besoin de lui. Il écarta ses jambes d'un geste sûr, dominateur, témoignant de ses aptitudes naturelles au commandement. Il exsudait la confiance en lui.

— Dès l'instant où je t'ai aperçue dans ce bar, je t'ai désirée, murmura-t-il d'une voix rauque où l'accent dominait soudain.

La déclaration enivra Charlotte, qui frissonna. Alors il entra en elle, d'un puissant coup de reins. La première sensation de plaisir fut remplacée par la douleur de la barrière qui se rompait. Elle cria, ferma les yeux. Il s'immobilisa et quand elle rouvrit les yeux Rocco la fixait, les traits emplis d'un mélange de confusion et de colère.

— Charlotte ?

Mais déjà le choc s'estompait, la déchirure s'apaisait et le désir revenait en maître, reprenant tous ses droits. Elle enfonça ses ongles dans ses épaules.

— Ne t'arrête pas.

Il jura doucement.

— Qu'est-ce que c'est que cette... ?

Rocco semblait ne pas y croire. Il secoua la tête.

— Je t'en prie, continue ! implora-t-elle, affolée de sentir le plaisir refluer.

Il planta les yeux dans les siens et elle comprit la bataille qui se livrait en lui mais, grâce au ciel, il recommença à bouger en elle, plus doucement cette fois. Elle noua les jambes autour de sa taille.

— Je veux tout de toi, dit-elle. Ne me traite pas comme si j'allais me briser...

— Cela fait longtemps que je n'ai pas fait l'amour à une vierge, répondit-il d'une voix tendue avant de l'embrasser avec une sombre émotion, la colère visible sur ses traits.

Elle l'embrassa en retour.

— Je ne suis plus vierge, à présent.

Il ne répondit pas mais intensifia ses mouvements, la possédant comme elle le voulait, la faisant sienne d'une façon qui l'atteignit jusqu'au plus profond d'elle-même. Le plaisir la rendait folle, lui faisant perdre tout contrôle. Elle écorchait son dos, ondulant des hanches avec une énergie sauvage. Il était si loin en elle, ils faisaient si complètement corps qu'elle ne savait plus où il commençait et où elle finissait. Les vagues du plaisir s'accéléraient, la muant en une autre femme, la noyant dans un tourbillon déchaîné de passion. La chaleur l'aveuglait, son corps se mit à frémir, incontrôlé ... Un long gémissement lui échappa sans même qu'elle s'en rende compte. Elle haletait, et l'air semblait lui échapper mais alors même que la vague la soulevait il ne s'arrêtait pas, ravivant son plaisir sans la moindre pitié, ranimant les feux jusqu'à ce qu'à nouveau elle soit sur le point de jouir.

Cette fois Rocco fut avec elle, et sa délivrance s'accompagna d'un cri et d'un frisson de tout son être. Éperdue, elle explosa une seconde fois, plus intensément encore. Elle frémit longuement sous les derniers assauts du plaisir qui déferlait en elle comme une marée sans cesse renouvelée.

Parler était impossible. Et la seule pensée qui venait à l'esprit de Charlotte était que jamais, au grand jamais, la rébellion n'avait eu aussi bon goût.

•

3

— Qu'est-ce que c'est que cette… ?

— Tu l'as déjà dit, coupa-t-elle sans pouvoir retenir un grand sourire.

Elle était encore dans ses bras, savourant la chaleur de son corps, enveloppée de son odeur, et elle soupira de contentement.

— Tu aurais dû me le dire.

— Mais je te l'ai dit !

Il grimaça.

— Je croyais que tu m'avais juste avoué n'être pas habituée aux aventures d'une nuit.

— C'est vrai aussi.

La bulle de bonheur dans laquelle elle flottait éclata soudain. Se pouvait-il qu'il soit fâché ? Déçu, peut-être ?

Elle chercha à se dégager mais ce fut lui qui s'écarta d'elle.

— Je suis désolée si tu ne t'attendais pas à…

— Comment pouvais-je m'y attendre ? la coupa-t-il, le regard si flamboyant qu'elle crut prendre feu. Tu n'es plus une adolescente ! Je me trompe ?

— Non, j'ai vingt-quatre ans.

Il baissa la tête un instant et quand il la releva, il était de nouveau en pleine possession de ses moyens, et bien décidé à comprendre.

— Alors comment se fait-il que tu sois encore vierge ?

Elle ne s'était pas attendue à une question aussi brutale, et Charlotte se sentit déstabilisée. Que répondre ?

— Tu es une bonne sœur ? reprenait-il. Tu fais partie d'une secte et tu t'es échappée ?

— Ni l'un ni l'autre. Enfin, pas vraiment, dit-elle avec une petite crispation des lèvres qui pouvait passer pour un sourire, alors même que son cœur battait à tout rompre.

— Cela n'a rien de drôle, gronda-t-il en se levant, magnifique dans sa nudité. Je n'apprécie pas qu'on me mente !

— Je n'ai pas menti, répondit-elle avec force, heureuse que sa voix reste ferme alors que tout en elle tremblait. Quand j'ai réalisé que tu t'étais trompé sur le sens de mes paroles, il était trop tard.

— Admettons, concéda-t-il, un pli contrarié aux lèvres. Mais comment se fait-il que tu sois encore vierge ?

Elle se détourna pour échapper à son regard, incapable de répondre. Comment expliquer à un homme comme lui ce qu'était sa vie ? Comment se justifier sans révéler son identité ?

— Cela ne te regarde pas vraiment.

Il la corrigea d'un ton sec.

— Si, depuis quelques minutes.

Quelle que soit sa profession, il était évident qu'il y exerçait une autorité sans faille. Rocco ne doutait pas une seconde de son droit à être informé et visiblement, il s'attendait à être obéi.

— Non, cela m'appartient, répliqua-t-elle distinctement, s'attirant un froncement de sourcils. J'ai partagé ton lit, mais cela ne te donne pas le droit de tout savoir de moi !

La surprise traversa fugitivement le regard de Rocco mais très vite, il maîtrisa son émotion et plaqua un masque dédaigneux sur son visage.

— Alors, réponds au moins à cela : pourquoi moi ? J'ai quand même le droit de savoir cela.

— Pourquoi toi ? Je ne sais pas...

Le calme apparent de Charlotte se brisa et elle continua d'une voix étouffée.

— Cela me semblait juste.

— Et jusqu'à ce soir, cela ne t'était jamais arrivé ?

Elle secoua la tête.

— L'occasion ne s'est pas présentée.

— Impossible... Qui es-tu donc ?

Non, jamais elle ne le dirait. Cette nuit lui appartenait, et n'avait rien à voir avec la princesse Charlotte. Elle se mordit la lèvre, en proie à un déferlement d'émotions.

— Une femme qui est entrée dans un bar et a vu un homme auquel elle ne pouvait résister. Ça te va ?

Elle essayait d'alléger l'atmosphère mais Rocco darda sur elle un regard sévère avant de laisser échapper un juron.

— Je ne t'aurais pas amenée ici si j'avais su. Je croyais...

— Que j'étais comme toi, murmura-t-elle, étrangement satisfaite de son aveu.

C'était bon de savoir qu'elle lui était apparue comme une femme indépendante, confiante en elle, tenant les rênes de sa vie et de son destin, ne serait-ce que pour une nuit.

— Je croyais que tu avais de l'expérience, grommela-t-il, le visage sombre. Sinon j'y aurais réfléchi à deux fois.

Elle frémit sous le reproche.

— Es-tu en train de dire que tu regrettes ce qui est arrivé ?

— Oui.

La certitude qu'affichait sa voix était blessante.

— Dans ce cas...

Charlotte se détourna et il ne vit pas la frustration qui marquait ses traits. Elle se leva. Il fallait partir et surtout, par pitié, ne pas pleurer devant lui !

Il laissa échapper un souffle rauque.

— Je ne veux pas avoir été le premier à coucher avec toi.

— Et pourquoi pas ? Il fallait bien que cela arrive.

— Pas avec moi ! Je ne veux pas que tu croies que j'ai plus à t'offrir.

Il était debout à son tour et la regardait droit dans les yeux.

— Comme quoi ? répliqua-t-elle, presque provocante. Le mariage ? L'amour toujours ?

Elle leva les yeux au ciel avant de poursuivre :

— Nous sommes au XXIe siècle, je te rappelle ! On peut coucher avec un homme sans imaginer qu'il va s'agenouiller et sortir une bague de sa poche !

— Une première fois devrait se dérouler avec un homme qu'on connaît depuis plus d'une heure ! s'insurgea Rocco.

— D'après qui ? Y aurait-il une règle dont je n'aurais pas entendu parler ?

Le regard de Rocco se rétrécit et il passa une main lasse sur sa nuque.

— Je ne tiens pas à argumenter avec toi.

C'était une façon méprisante de clore le débat mais Charlotte avait bien trop de fierté pour insister. À quoi cela servirait-il, d'ailleurs ? Sa vraie vie était loin de tout cela, et elle l'attendait. Elle se rhabilla d'une main qui tremblait un peu, rassemblant les différents éléments de sa tenue jetés à terre dans la passion du moment. Puis elle prit une grande inspiration pour se donner du courage et quitta la chambre.

Arrivée au salon, elle le sentit derrière elle sans avoir besoin de se retourner. Faisant appel à ses réflexes de princesse, elle carra les épaules et lui fit face.

— Je suis navrée de t'avoir pris par surprise, ce n'était pas mon intention, dit-elle d'un ton hautain, enfilant le manteau récupéré sur la patère du couloir. Et je suis – désolée que tu regrettes notre nuit. Ce n'est pas mon cas.

L'expression de Rocco restait indéchiffrable. Il la regarda gagner l'ascenseur, puis, comme s'il se réveillait tardivement, il la rejoignit et appuya sur le bouton.

— Tu es très belle, affirma-t-il d'un ton bourru. Mais je refuse les relations compliquées. Toutes les relations, en fait.

Elle grimaça.

— Donc, d'après toi, je serais une relation compliquée...

Ce n'était pas faux, et le poids de son devoir alourdit les épaules de Charlotte. Son avenir était planifié depuis bien longtemps. Cette nuit était une aberration, mais aussi un cadeau de la vie... Il était temps, hélas, de retrouver le réel.

— Ne t'inquiète pas, Rocco, reprit-elle. Tu n'entendras plus parler de moi.

Un muscle tressaillit au niveau de sa mâchoire alors que d'un signe de tête, il prenait acte de sa déclaration. Et soudain, comme s'il n'avait pu se retenir, il prit sa bouche pour un baiser appuyé, enivrant, qui lui coupa le souffle. Elle oscilla, déstabilisée, et il la maintint d'une main ferme dans son dos. La passion les enveloppa, cette passion qui avait été momentanément satisfaite mais pas pour autant éteinte. Elle se laissa gagner par le déferlement des sensations, incapable de maîtriser son propre désir.

Ce n'était pas le cas de Rocco : il était parfaitement maître de lui et avant qu'elle ne se ridiculise en le suppliant de lui faire encore l'amour, il s'était écarté. Il la regarda intensément et fit un pas en arrière.

Le « ping » de l'ascenseur les prévint de son arrivée.

— Très bien, dit-elle, touchant du doigt des lèvres qui la picotaient encore. Au revoir.

Il la salua de la tête et elle s'engouffra dans l'ascenseur, encore étourdie par ce qu'elle venait de faire.

Quand les portes se refermèrent, Rocco s'y appuya, fermant les yeux sous le choc, envahi d'une soudaine amertume. Qu'est-ce qui venait de lui arriver ?

Il avait l'impression qu'on avait lâché une grenade sur son chemin. Une vierge ? Lui si prudent, qui s'interdisait de leurrer les femmes en leur faisant miroiter un avenir impossible, avait trahi son code de l'honneur.

Rocco était toujours honnête avec ses partenaires. D'habitude, il les emmenait dîner, prenait le temps de les connaître, au moins un peu. S'il avait suivi ce protocole avec Charlotte, il aurait démasqué sa virginité. À présent qu'il prenait le temps d'y réfléchir, son innocence lui paraissait évidente. Il se rappelait la façon dont ses doigts tremblaient, et les signes révélateurs quand ils avaient fait l'amour.

Elle n'avait aucune expérience...

Et au lieu de se garder pour un homme qui compterait pour elle, Charlotte l'avait utilisé lui, pour se débarrasser de sa virginité, sans même se demander s'il était d'accord. Les dés en étaient jetés. Il serait toujours son premier amant, même s'ils n'étaient rien l'un pour l'autre.

Il ravala son exaspération. Ne lui avait-il pas menti, lui aussi ? Même s'il était furieux contre lui-même, il ne pourrait jamais regretter ce qu'ils avaient partagé. Quand il se rappelait la façon dont ils avaient fait l'amour, il n'avait qu'une idée en tête : recommencer. Et tant pis pour son innocence, tant pis pour les espoirs qu'elle pourrait nourrir !

Dans un soupir agacé, Rocco traversa le salon et fit coulisser les pans de la baie vitrée. La terrasse était glaciale. Il fut reconnaissant de la morsure du vent sur ses joues. Lorsqu'il s'appuya à la rambarde, il vit un taxi jaune qui s'arrêtait en bas. Il était trop loin pour reconnaître le visage de celle qui y montait mais à son allure, il sut qu'il s'agissait d'elle. Charlotte X... La bouche sèche, il constata qu'elle s'engouffrait dans le taxi sans le moindre regard en arrière.

Ce serait donc une aventure sans lendemain.

À l'instant où elle regarda son portable, Charlotte fut traversée d'un immense regret. Pas au sujet de Rocco, non, mais pour sa folle échappée. Elle avait manqué quarante-sept appels et vingt messages, de son frère, de ses parents, de l'intendant du palais et de ses gardes du corps.

Elle grimaça et opéra un tri rapide, répondant d'abord à ses parents.

Je vais bien, je vous expliquerai.

Elle n'avait pas la moindre idée de ce qu'elle pourrait bien leur dire mais cela lui faisait gagner du temps. Son frère eut droit au même message. Un bref instant, elle s'autorisa à rêver qu'ils s'étaient faits du souci pour elle, plutôt que pour les complications engendrées par sa disparition, mais c'était puéril de nourrir de pareils espoirs, et elle les repoussa.

Le temps passé à répondre lui accorda un répit mais quand elle en eut terminé et rangea son portable, sa gorge se noua. Pas moyen de repousser les pleurs qui montaient... Alors elle les laissa couler, avant de les essuyer d'un revers de la main.

Tout ceci était ridicule.

Elle aurait dû se sentir heureuse : n'avait-elle pas fait quelque chose d'incroyable ? Ces moments lui appartenaient, rien qu'à elle, et elle en chérirait le souvenir tout au long de sa vie, car ce seraient sans doute les seuls instants de liberté qu'elle connaîtrait jamais. Sous le lourd manteau de princesse, elle garderait bien caché le secret de son échappée belle, et il brillerait comme un joyau dans son cœur.

Elle ne reverrait jamais Rocco, mais toujours, elle lui serait reconnaissante des instants qu'ils avaient partagés.

Trois jours plus tard, au réveil, Rocco constata qu'il était toujours de la même humeur. Une humeur de chien... Depuis qu'il avait fait l'amour à cette Charlotte X, la colère le tenait, et une persistante érection matinale ne lui laissait rien oublier.

Il donna un vigoureux coup de poing dans son oreiller, furieux qu'elle ait une fois encore hanté ses rêves. Le souvenir de ses gémissements le hantait, ainsi que l'extase et la surprise qu'il avait lues dans son regard lorsqu'il était entré en elle, et la façon dont son corps avait répondu au sien. Elle l'avait serré si fort contre elle, avec une telle urgence !

Rocco repoussa ses draps et fila sous la douche, qu'il choisit de prendre froide en dépit de la neige qui recouvrait la ville. L'eau glacée coula sur son dos sans qu'il laisse échapper un tressaillement.

C'était la troisième nuit qu'il succombait à ces rêves insensés, pires qu'une torture, et que le désir d'elle lui provoquait une douloureuse érection.

Mais il n'y avait pas que cela.

Leur conversation au bar le hantait. Il ne pouvait oublier la façon dont elle l'avait conduit à s'ouvrir. C'était d'autant plus étrange qu'il n'était pas homme à se confier. Et pourtant, avec elle, cela lui avait paru naturel. Et même bon. Stimulant... Elle avait ranimé en lui une étincelle qu'il croyait éteinte depuis longtemps. Peut-être que cette conversation avait été un préliminaire à leur nuit, et c'était cela aussi qu'il regrettait, tout autant que la façon incroyable dont son corps s'était accordé au sien.

Il pressa le front contre la paroi carrelée de faïence, clignant des yeux sous l'eau ruisselante.

Cela lui passerait. Jamais aucune femme ne s'était imposée à lui bien longtemps et il en irait de même avec Charlotte. Il fallait qu'il en soit ainsi !

— Charlotte ? Est-ce que vous m'écoutez, à la fin ?

Charlotte se secoua et hocha la tête en direction de sa mère, maudissant le tour qu'avaient pris ses pensées. Une semaine après son retour de New York, elle n'avait toujours pas l'impression de toucher terre.

— Je suis désolée. Vous disiez, maman ?

— Je vous parle de choses importantes. Est-ce trop demander qu'un peu de votre attention ?

La bouche de Charlotte prit un pli dur. Cela faisait longtemps qu'elle avait renoncé à toute intimité avec sa mère mais elle n'appréciait pas de se faire réprimander avant même d'avoir bu son café matinal. Pourtant, elle se reprochait à elle-même sa distraction permanente : au moindre instant de solitude, Rocco envahissait ses pensées. Rocco X... Le souvenir de lui faisait trembler son corps, dresser les pointes de ses seins, et lui nouait ses entrailles alors qu'elle songeait au plaisir partagé. La nuit, sa main s'insinuait entre ses jambes dans un effort désespéré pour retrouver l'euphorie qu'elle avait vécu entre ses bras.

Mais le résultat était bien loin de ce qu'il lui avait fait vivre...

— Le cheikh prendra l'avion pour Hemmenway à la fin du mois prochain. Il y aura un dîner d'État donné par votre frère, à la suite duquel l'annonce de vos fiançailles sera rendue publique.

Toutes les cellules du corps de Charlotte hurlaient leur refus. Elle aurait voulu pouvoir dire non à sa mère. Lui expliquer qu'elle ne pouvait honorer son engagement. Comment la reine réagirait-elle ?

— C'est que...

Un regard de désapprobation maternelle la musela.

— Oui ?

— Eh bien, je le connais à peine, osa Charlotte. Peut-être devrais-je...

Aller le voir ? Elle n'en avait aucune envie. Le seul lieu dans lequel elle voulait se trouver, c'était New York.

La reine la toisa d'un regard froid.

— Vous avez déjà vingt-quatre ans et il nous faut au moins deux héritiers, voire trois. On ne peut plus repousser.

Charlotte enfonça ses ongles dans la paume de sa main.

— Je ne cherche pas à repousser quoi que ce soit.

Ce qu'elle voulait, elle ne le savait pas elle-même, admit-elle intérieurement en fronçant les sourcils.

Elle se leva, marcha jusqu'au balcon et laissa son regard errer sur les superbes jardins du palais. Chaque fois que ses paupières se refermaient, n'était-ce que pour une fraction de seconde, elle le voyait, avec son regard intense, et son corps arrogant, dominateur et sexy. Elle faillit laisser échapper un grondement tant le désir la taraudait.

— Comment était-ce quand vous avez rencontré papa ?

— Que voulez-vous dire ?

— Eh bien, précisa Charlotte en se retournant vers sa mère, est-ce que vous avez eu le coup de foudre ?

La reine eut une moue agacée.

— Le coup de foudre ? Quelle question puérile ! Bien sûr que non ! L'important était que nous nous respections mutuellement, et c'est toujours le cas. Notre mariage était arrangé, c'était une union de raison, tout comme la vôtre.

Charlotte sentit s'allumer en elle les feux de la rébellion mais il n'y avait plus d'échappatoire, à présent. Elle était piégée par le palais, par le devoir, par les enfants qu'on attendait d'elle. Son mariage arrivait sur elle à la vitesse d'un train fou...

— Êtes-vous heureuse, maman ?

— Le bonheur, c'est pour les autres. Nous ne sommes pas nés pour cela. La responsabilité fait partie intégrante de la royauté.

Charlotte ferma les yeux, vaincue.

— Votre mariage me rendra très heureuse, poursuivit sa mère, et quand vous me direz que vous portez l'enfant du cheikh, je connaîtrai la paix pour la première fois depuis des décennies.

Cet aveu émut Charlotte. Sa mère était peut-être une créature froide et distante, mais elle méritait sa pitié.

Oui, cette femme était belle, intelligente, et elle réussissait dans la vie, mais jamais Rocco ne s'était autant ennuyé. Il dévisagea la femme superbe qu'il avait emmenée prendre un verre, la vit avaler une gorgée de vin en lui adressant un regard languide et tambourina des doigts sur sa cuisse, agacé.

Non loin se trouvaient les sièges que Charlotte et lui avaient occupés, ce soir-là. Il ressentit le même désir poignant qu'il éprouvait chaque fois qu'il pensait à elle. Il avait eu beau s'abonner aux douches froides, tenter de soulager en solitaire ses érections, rien ne le calmait ni n'égalait ce qu'il avait trouvé en elle. Elle l'avait envoûté. Si elle n'avait pas été vierge, la solution aurait été très simple : il l'aurait revue. Coucher encore une fois avec elle l'aurait débarrassé du problème. Mais son innocence compliquait tout. Sans parler du fait qu'ils n'avaient pas échangé leurs numéros de portable... Il ne savait rien d'elle, à part le fait qu'elle n'était pas américaine.

La retrouver, c'était chercher une aiguille dans une botte de foin. De plus... même s'il voulait vraiment la revoir, quelque chose en lui récusait cette possibilité.

Comme s'il pressentait un danger. C'était une impression difficile à cerner car il n'avait jamais été dans une relation qu'il ne puisse contrôler. Mais avec Charlotte, ce ne serait pas aussi simple, il s'en doutait. Leur nuit ensemble dépassait de loin tout ce qu'il avait pu vivre. Oui ! Mieux valait oublier, passer à autre chose.

Il focalisa de nouveau son attention sur la brune assise en face de lui et l'idée de lui faire l'amour lui coupa l'appétit. Ce serait tout de même mieux qu'une nuit de plus seul dans son lit. Enfin... peut-être.

Il leva la main pour attirer l'attention du serveur, ce qui eut pour effet d'alerter sa compagne.

— Quelque chose ne va pas ? s'enquit-elle, étonnée.

— Il faut que j'y aille, répliqua Rocco en jetant quelques billets sur la table sans même chercher d'excuse. Je suis désolé. Bonne nuit.

— Oh... On s'appelle demain, alors ?

Il sortit sans répondre, dévoré de l'envie d'être seul. Seul avec le souvenir de cette nuit inoubliable.

Cela faisait plus d'un mois qu'elle était revenue de New York, et Charlotte vivait l'enfer. Chaque jour, les préparatifs de son mariage avançaient un peu plus. Elle, au lieu de s'y consacrer, ne pouvait penser qu'à Rocco. C'était terrifiant, excitant... mais vain : elle ne pourrait jamais le revoir. D'ailleurs, en admettant qu'elle trouve un prétexte pour se rendre à New York, ne s'était-il pas montré clair en la quittant ? Rocco ne voulait pas des complications liées à son inexpérience. Et ce serait bien pire s'il apprenait qui elle était !

— Ne me dis pas qu'il veut me faire passer un examen médical complet avant d'annoncer nos fiançailles ?

La question, indignée, s'adressait à son assistante la plus dévouée, Iris, en qui elle avait totalement confiance.

— Ce n'est pas lui qui le demande, c'est sa famille, corrigea celle-ci, secouant la tête avec commisération.

— Eh bien, ce sont des monstres ! rétorqua Charlotte. J'espère qu'une fois mariée, je n'aurai pas trop souvent affaire à eux !

Son cœur se serra bizarrement à l'évocation de son avenir.

— Que craignent-ils ? reprit-elle en maugréant. Que j'aie deux têtes ?

— C'est plutôt pour s'assurer de votre fertilité, expliqua doucement Iris. Son Altesse semble pressée d'avoir un héritier.

La réponse de son assistante lui serra la poitrine. Sa gorge était si nouée qu'elle pouvait à peine respirer et elle sentit les larmes poindre sous ses paupières.

Un héritier... Avec celui qui serait son mari... Ses doigts se crispèrent sur le dossier d'une chaise. Évidemment qu'il lui faudrait coucher avec son mari. Mais à l'idée qu'un autre homme que Rocco lui fasse l'amour, elle sentit son cœur se soulever.

Charlotte inspira profondément pour dissiper la panique

qui la gagnait. Elle y était entraînée et réussit si bien que pas même l'infirmière, arrivée sur ces entrefaites, ne se douta de ce qui la rongeait. Après la prise de sang requise, elle lui posa des questions d'ordre général et se retira en souriant. Le médecin la convoquerait le lendemain.

Charlotte acquiesça. Comme elle savait si bien le faire.

— Ah, bonjour docteur ! lança Charlotte à celle qui s'avançait, des papiers à la main. Je ne vous attendais pas avant demain.

Elle reposa le dossier qu'elle étudiait. Il y était question, d'aider une des petites universités d'Hemmenway. Charlotte y avait consacré pas mal de temps, souhaitant rénover la bibliothèque et les salles de conférences.

— Notre rendez-vous était prévu pour demain, répondit la praticienne, l'air nerveux. Mais puis-je vous demander quelques instants ?

— Bien sûr... Il y a un problème ?

Charlotte attendit, ses yeux bleus soudain soucieux.

— J'ai reçu les résultats de vos tests, que le laboratoire a traités en priorité.

— Et... ?

— C'est un peu délicat, peut-être préféreriez-vous que nous en parlions seule à seule ?

Iris se trouvait dans la même pièce, penchée sur son ordinateur. Charlotte secoua la tête.

— Vous pouvez parler.

— Tout va très bien, acquiesça la jeune femme, vos niveaux de fer et de vitamine D sont parfaits, mais c'est l'hormone HCG...

— Elle est trop basse ?

— Au contraire. Le problème, c'est qu'elle est présente. Ce qui est normal quand on est enceinte...

Charlotte se figea et il lui fallut une bonne minute pour recouvrer l'usage de la parole.

— Que venez-vous de dire ?

La docteure fit une petite grimace d'excuse.

— Vous l'ignoriez ?

Iris s'était arrêtée de taper sur le clavier. Elle s'approcha et intervint.

— Il doit y avoir erreur...

— J'ai fait recommencer les analyses de Son Altesse pour être sûre. Pas d'erreur possible.

Charlotte se leva et se mit à arpenter la pièce, son regard s'arrêtant sans la voir sur une tapisserie ancienne qui représentait la flore des montagnes d'Hemmenway.

— Je ne parviens pas à y croire, dit-elle en se passant la main dans les cheveux dans un effort pour assimiler l'incroyable.

Cette nouvelle lui faisait l'effet d'une bombe : enceinte !

Non ! Pas elle ! Sa vie était planifiée depuis sa conception. Sa seule nuit de liberté, pour merveilleuse qu'elle ait été, ne pouvait modifier le cours de son existence !

Et pourtant... Elle posa la main sur son ventre et son cœur eut un sursaut. Un flot d'amour l'envahissait. À la mention même du bébé, elle en était tombée amoureuse et rien d'autre ne comptait plus. Chaque décision qu'elle serait amenée à prendre serait dans son intérêt, dorénavant. Elle allait être mère et entendait être la meilleure mère possible pour cet enfant. Elle l'aimerait de tout son cœur. Au diable le devoir, la lignée ! Jamais elle ne ferait sentir à cet enfant, pas même une seconde, le rejet qu'elle avait dû affronter en grandissant. Son enfant serait d'abord une personne, et ensuite seulement un prince ou une princesse.

Elle se tourna vers la visiteuse :

— Que dois-je faire à présent ?

— Ce n'est pas à moi de vous le dire...

— Médicalement parlant, précisa Charlotte. D'autres tests ?

— Non, puisque tout va bien. Le taux d'hormone HCG indique que vous en êtes à quatre ou cinq semaines.

Charlotte hocha la tête.

— Quand vous en serez à douze semaines, poursuivit la praticienne, nous ferons d'autres tests et un scanner. Entretemps, mangez équilibré, faites un peu d'exercice, reposez-vous quand vous êtes fatiguée et détendez-vous.

Les lèvres de Charlotte prirent un pli sardonique : plus facile à dire qu'à faire dans sa position !

La jeune femme n'avait pas plutôt tourné les talons qu'Iris s'avançait vers elle. Mille questions lui brûlaient visiblement les lèvres. C'était compréhensible, mais Charlotte ne pouvait y répondre : il y avait plus urgent à faire.

— Iris, je vais te donner une vague adresse et un prénom. C'est un peu mince, mais il faudrait que tu trouves des renseignements sur l'homme en question. Et bien sûr, ajouta-t-elle, une expression suppliante dans les yeux, tout ceci doit rester entre nous…

— Inutile de me le dire, Votre Altesse, murmura Iris. Comment vous sentez-vous ?

— Bien, mentit Charlotte, à la fois sous le choc et terrifiée par ce qui se profilait.

Elle alla jusqu'à son bureau, en sortit une feuille de papier où elle écrivit « Rocco San… » et ce qu'elle se rappelait à propos de son appartement.

— Ce n'est pas grand-chose, dit-elle d'un ton d'excuse.

— Je le retrouverai, l'assura Iris en prenant le papier.

La confiance d'Iris était exactement ce dont Charlotte avait besoin. Elle remercia son assistante, tout en essayant de conserver un air aussi calme et détaché que possible.

Une fois Iris partie, elle se laissa tomber dans un fauteuil. Elle n'avait pas le début de commencement d'une idée au sujet de ce qu'elle devait faire à présent.

4

Cela n'avait pas été simple d'organiser un deuxième voyage à New York mais elle était prête à tout plutôt que de devoir révéler sa grossesse à Rocco au téléphone. Ce n'était pas le genre de nouvelles à partager alors qu'on était chacun d'un côté de l'Atlantique.

Et maintenant, il était temps de l'appeler. Elle se força à composer le numéro de téléphone fourni par Iris.

— Rocco Santinova, répondit-on immédiatement.

Sa voix déclencha en elle une explosion d'étincelles et le désir, urgent, se répandit dans ses veines comme une lave brûlante, la privant presque de parole.

— Oui ? reprit la voix.

Elle accrocha son regard à celui d'Iris pour y puiser du courage.

— Bonjour, c'est... Charlotte.

Il y eut un silence et l'estomac de Charlotte se serra. Rocco ne disait rien mais derrière lui, elle entendait des bruits de conversation, des rires, et des chants de Noël.

Il n'était pas seul.

La jalousie la traversa, inattendue, violente. Mais elle ne s'adressait pas seulement à celle qui l'accompagnait peut-être. Non, ce qu'elle jalousait surtout, c'était la liberté dont il jouissait.

— Où es-tu ? reprit-elle dans un souffle.

— Curieuse question, étant donné que nous n'avons pas

échangé un mot depuis des semaines… Au fait, comment t'es-tu procuré mon numéro ?

— Ce n'était pas trop difficile.

— Il est sur liste rouge.

Ce n'était sans doute pas le moment de lui parler des services secrets d'Hemmenway…

— Eh bien, ce n'est pas l'important, pour l'instant.

— Ah non ? Et qu'est-ce qui est important, alors ?

— Tu es libre ? On peut se rencontrer ?

— Quand ?

— Tout de suite, si possible.

— Je suis au bar, celui que tu connais.

Le cœur de Charlotte manqua un battement. Elle ferma les yeux, l'imaginant tel qu'à leur rencontre… Au départ, elle avait eu l'intention de l'inviter à la rejoindre mais finalement, c'était mieux ainsi. Tenir cette conversation dans un endroit public lui offrirait un minimum de protection. Leur échange devrait se tenir dans un certain cadre, sous peine de… déraper, ce qui compliquerait singulièrement les choses.

Le bar, oui, c'était le meilleur endroit.

— J'arrive !

Charlotte mit une demi-heure à négocier un déplacement aussi inhabituel avec son service de sécurité. Un compromis fut trouvé : Iris et trois gardes l'accompagneraient mais se tiendraient à distance. Elle se changea rapidement, passant un jean sombre et un chemisier tout simple. Comme il neigeait, elle s'enveloppa d'une doudoune. Et vérifiant son image dans le miroir, elle s'aperçut que ses yeux brillaient d'excitation…

Au premier regard, il constaterait qu'elle était heureuse de le revoir, mais ce n'était pas pour lui apprendre cela qu'elle venait.

Une berline blindée noire la conduisit jusqu'au bar en compagnie de sa suite. Une fois qu'elle fut sortie, Charlotte prit une profonde respiration, consciente que sa vie allait basculer.

— Votre Altesse ? s'enquit doucement Iris.

— Ça va, ne t'inquiète pas…

Il le fallait… Un des gardes poussa la porte du bar, laissant Charlotte entrer après avoir balayé la pièce du regard.

Le cœur battant, elle chercha Rocco. Il était installé dans un box à l'écart, leur assurant une intimité qu'elle n'avait pas prévue. Et il avait commandé une bouteille de vin.

Elle se faufila entre les convives, incapable de quitter Rocco des yeux, impuissante à calmer son pouls. En la voyant arriver, il se leva.

— Bonjour, dit-elle sans entrer dans le box, incertaine de l'attitude à adopter.

— Je ne m'attendais pas à avoir de tes nouvelles. Mais assieds-toi…

— Nous n'avions pas échangé nos numéros, dit-elle en prenant place en face de lui, tressaillant de sentir leurs genoux se frôler. Et tu n'avais pas fait mystère de vouloir t'en tenir là.

Rocco resta de marbre mais leurs regards se trouvèrent et s'embrasèrent immédiatement.

— Et pourtant, nous revoici ensemble…

L'adrénaline motiva Charlotte.

— Il faut que je te parle.

Il leur versa deux verres de vin et redressa les épaules, attentif à la suite, visiblement inconscient de ce qui l'attendait.

— Vas-y…

Elle se mordit la lèvre et se lança.

— Nous nous étions mis d'accord pour ne pas échanger nos noms de famille.

— Pourtant tu m'as retrouvé.

— Tu aurais préféré le contraire ?

— Je n'ai pas dit cela.

L'atmosphère devenait électrique et l'envie de s'abandonner au désir faillit submerger Charlotte. Il fallait qu'elle en finisse avant de céder à la tentation.

— Je n'ai pas été tout à fait honnête envers toi cette nuit-là, Rocco.

Il se figea.

— Honnête à quel propos ?

Le soupçon sous-tendait sa question et Charlotte aurait tout donné, en cet instant, pour être une personne normale.

— Tu es mariée ? reprit-il.

— Non, non… Pas encore. Fiancée seulement.

Elle pressa un index entre ses sourcils pour se détendre.

— Fiancée ? répéta-t-il d'une voix tendue.

— En fait, je…

— Votre Altesse ? dit une voix toute proche.

Une femme d'une quarantaine d'années s'approcha et se mit à parler à toute vitesse en hemmenwégien. Elle ne put finir sa phrase que déjà, un garde du corps s'interposait pour protéger la princesse.

— Tout va bien, murmura Charlotte, qui renvoya le garde d'un geste de la main.

— J'étais sûre que c'était vous ! reprit l'inconnue, ravie. Est-ce que je peux prendre une photo ?

Rocco ne quittait pas la scène des yeux. Il reconstruisait visiblement le puzzle, et la consternation envahit Charlotte. Cependant, elle acquiesça, se leva et sourit obligeamment pour le selfie.

— Pouvez-vous ne pas mettre la photo sur les réseaux sociaux avant une heure ? demanda-t-elle avec un sourire d'excuse. C'est une question de sécurité.

— Bien entendu, Votre Altesse… C'était un honneur !

Charlotte attendit que la femme ait disparu pour se rasseoir.

— Il semblerait que tu n'aies pas été honnête *du tout*, fit Rocco au bout d'un instant. Tu ferais mieux de commencer par le début…

Elle baissa la tête.

— Début ou fin, c'est la même chose. Je suis une princesse.

— De quel pays ?

— D'Hemmenway.

Les pupilles de Rocco se rétrécirent.

— Charlotte de Rothburg... murmura-t-il, et les entrailles de Charlotte se serrèrent alors qu'il prononçait son nom.

— C'est cela...

— Et tu ne m'en as rien dit !

— Je voulais échapper à tout cela pour une nuit.

— Vivre la vie du peuple ? répliqua-t-il avec une ironie mordante.

Elle grimaça.

— Rien d'aussi prémédité. J'ai simplement entrevu une occasion de respirer un peu et je l'ai saisie. Il est difficile d'expliquer ce qu'est ma vie à quelqu'un qui n'est pas du palais mais tu te doutes que des lieux tels que ce bar sont une complète nouveauté pour moi.

Les yeux de Rocco étincelèrent avant de s'accrocher aux siens.

— Et ce mensonge hante ta conscience depuis lors ? Ou bien t'inquiètes-tu à l'idée que je puisse vendre les détails croustillants de notre nuit aux journaux à scandale ?

Il ne pouvait pas savoir combien la situation qu'il évoquait était proche de ce qu'elle avait vécu...

— Ce n'est pas cela, assura-t-elle en fronçant les sourcils, cherchant à discipliner sa respiration. En fait, cette histoire de titre n'est qu'une infime partie de ce que j'avais à te dire. Notre situation est délicate.

— Notre situation se limite à une nuit d'aventure.

Charlotte jeta un regard inquiet autour d'elle et mit un doigt sur ses lèvres.

— S'il te plaît, rappelle-toi qu'il y a du monde ici...

Un éclair de mécontentement traversa les yeux sombres de Rocco mais il se rendit à la raison et hocha la tête en signe d'assentiment.

— Et les aventures d'une nuit sont interdites aux princesses ? C'est pour cela que tu étais inexpérimentée, Charlotte ?

Elle sentit sa peau se hérisser : la moquerie affleurait sous les questions de Rocco.

— Mon niveau d'expérience n'a rien à voir avec tout cela.

— Pour moi, ça compte.

— Mais pas pour ce que je suis venue te dire.

— Et que tu sembles avoir du mal à expliquer…

Elle tenta de regagner un peu de sang-froid et fixa un point au-dessus de son épaule.

— Cette nuit, dit-elle doucement, se forçant à le regarder de nouveau, en dépit du fait que nous…

Elle s'interrompit, incapable d'évoquer les détails de leur intimité. Elle vit alors Rocco bouillir d'impatience et elle décida de se jeter à l'eau.

— Je suis enceinte, reprit-elle très vite. Et tu es le père.

Elle eut l'impression que toute la salle venait de se taire et que la pièce se mettait à tourner sur elle-même, de plus en plus vite. La seule chose dont elle resta consciente fut le bruit sifflant de l'air qu'il expulsait entre ses lèvres.

— Pardon ?

C'était la dernière chose à laquelle il s'attendait et il resta interdit, à la dévisager, alors qu'il intégrait la signification de ce qu'elle venait de dire. Une grossesse ! C'était impossible. Quand elle l'avait contacté, il avait espéré une nouvelle nuit avec elle et depuis, il était incapable de réfléchir normalement. L'idée qu'elle partage à nouveau son lit était un nirvana après cinq semaines d'abstinence, pendant lesquelles il avait revécu chaque instant de leur rencontre, incapable de maîtriser son désir.

— Je suis enceinte, répéta doucement Charlotte et il se pencha vers elle, fixant ses lèvres, se demandant s'il n'y avait pas eu déconnexion entre son cerveau et sa bouche.

Soudain, il se revoyait petit garçon, caché derrière une porte, épiant une conversation qu'il n'était pas censé entendre.

— *J'ai déjà une famille... Cet enfant n'est pas le mien.*

— *C'est le tien, que tu l'acceptes ou pas. Il relève de ta responsabilité.*

— *Non, seulement de la tienne, tranchait rudement l'homme. Tu m'avais dit que tu t'étais occupée de tout !*

— *Je n'ai pas pu...*

La voix de sa mère s'était mise à trembler. Elle avait repris :

— *Je n'ai pas pu avorter. Si tu le voyais...*

— *Cela n'arrivera jamais, et si tu dis à âme qui vive que cet enfant est de moi, je te détruirai. C'est compris ?*

— Mais c'est impossible, dit Rocco en secouant doucement la tête. Je me suis protégé...

Il était conscient de la faiblesse de l'argument. Il arrivait que les préservatifs ne jouent pas leur rôle.

— Pourtant, j'attends un enfant.

— De moi ?

— Il est physiquement impossible que ce soit d'un autre.

— Tu dis que tu es fiancée. Cela ne peut pas être de lui ?

— Nous n'avons pas ce type de relations. Il n'y a eu que toi.

En dépit de la panique qui figeait son sang, Rocco ne put réprimer un sentiment de fierté toute masculine. Quoi qu'il en ait dit sur le moment, l'idée d'être le premier – et le seul – était un puissant aphrodisiaque.

— Je comprends ton souci, murmura-t-elle, détournant son regard. Ne t'en fais pas, je ne vais pas ruiner ta vie. Je n'attends rien de toi. Simplement, il m'a semblé que tu devais être au courant.

— *J'aurais voulu qu'il ne soit jamais né, j'aurais voulu ne jamais te rencontrer !*

— *Si tu savais à quel point il est merveilleux... Fort, intelligent, il te ressemble de mille manières. Si ce n'est, grâce à Dieu, qu'il n'a pas un cœur froid comme le tien.*

Sur la tombe de sa mère, Rocco s'était juré de ne jamais

ressembler à son père. Le vide que l'absence d'amour avait laissé dans son âme d'enfant avait été terrible mais en grandissant, il en était venu à comprendre le pire : c'était une véritable haine que son père lui vouait. En réaction, il avait construit sa propre haine, pour ce père inconnu et la façon égoïste dont il avait choisi de vivre. Pourtant, l'histoire ne se répétait-elle pas ? Cette grossesse imprévue. Tout comme ce qui était arrivé à sa mère...

Son père avait manqué à tous ses devoirs, et Rocco se jura, en cet instant précis, de faire le contraire.

— Et maintenant ?

Sa décision à lui était prise, irrévocable. Il observa soigneusement Charlotte, cherchant à comprendre comment elle raisonnait.

— Je ne sais pas, répondit-elle franchement. Je n'ai pas encore averti mes parents ni mon frère, mais bien entendu, il va falloir le faire. Ils seront furieux. Les fiançailles seront rompues, les avocats consultés...

Elle aspira une grande goulée d'air.

— Mais évidemment, reprit-elle, rien de tout cela ne te concerne.

— Vraiment ? De mon point de vue, ce bébé est notre responsabilité à tous deux.

Elle tressaillit, visiblement surprise.

— Tu ne comprends pas. Je suis venue te dire que tu n'as rien à faire, tu es hors de cause.

La colère flamboya dans les entrailles de Rocco.

— Tu t'avances beaucoup.

— Pas du tout ! répliqua-t-elle, baissant la voix et se penchant vers lui par souci de discrétion. Je raisonne en fonction de ta réaction première... Tu ne t'es pas caché de rejeter tout engagement.

— Et tu ne comprends pas que cet enfant change la donne ?

— Pas nécessairement. J'ai les moyens de l'élever.

Un instant, il admira son courage mais cela ne dura pas, l'admiration vite remplacée par la colère.

— Et lui ? Tu penses avoir le droit de me couper de sa vie ?

Elle entrouvrit les lèvres, surprise.

— C'est que… ce n'est pas un enfant comme les autres, dit-elle, pesant soigneusement ses mots tandis qu'il la regardait intensément, cherchant à anticiper ses réactions. Tu te rappelles que je t'avais parlé de mon frère ?

— Oui, il était malade, disais-tu.

— Il était atteint d'un cancer. Il a reçu un traitement expérimental qui l'a finalement guéri mais l'a privé de sa fertilité. Quand mes parents l'ont su, ils m'ont mise au monde.

— Tu étais leur assurance, en quelque sorte, dit-il, se rappelant soudain les paroles de Charlotte cette nuit-là.

— Exactement. J'ai toujours su pourquoi j'étais venue sur terre et tu ne peux pas t'imaginer à quel point cela pèse, murmura-t-elle en faisant courir un doigt sur le rebord du verre auquel elle n'avait pas touché. Personne ne m'a jamais demandé mon avis sur la question. Est-ce que je voulais des enfants, est-ce qu'un mariage arrangé me convenait ? La route était tracée pour moi.

— Et tu as suivi cette route ?

— Oui, admit-elle amèrement. Enfin, presque. Cet enfant remet tout en cause.

Rocco se raidit en voyant le visage de Charlotte s'assombrir. La situation était différente de ce qu'avait connu son père mais pourtant, il y avait tant de similitudes ! Son père était un homme riche, puissant, qui refusait le fils illégitime d'une femme de ménage. Ses grands-parents maternels avaient jeté leur fille dehors quand elle était tombée enceinte… Il ne rejetterait pas Charlotte, ni elle ni l'enfant qu'elle portait.

— Et tes parents, donc, que vont-ils te demander de faire ?

— Je n'en ai aucune idée mais je crois que j'en entendrai parler longtemps…

— Vont-ils bien accueillir le bébé ?

Elle pâlit et son visage se creusa.

— Je ne sais pas…

— Ils vont l'aimer, au moins ?

La panique se lisait sur ses traits lorsqu'elle répéta :

— Je ne sais pas.

Le cœur de Rocco se serra. En fait, Charlotte savait trop bien ce qui les attendait, elle et l'enfant, dans une famille aussi peu ordinaire. Il pouvait comprendre ses peurs.

— Écoute-moi, Charlotte, dit-il avec le plus grand sérieux. J'ai une solution.

Elle le regarda un instant, toute pâle, avant de répondre :

— Je ne peux pas faire ce que tu suggères, Rocco. Je veux ce bébé.

— Oui, je le vois. Tu en es à combien de semaines, cinq ?

Elle hocha la tête.

— Bien, reprit-il, d'autant que ton état ne se voit pas. Cela nous laisse quelques semaines.

— Pour… ?

— Pour nous marier.

Charlotte parut paralysée par la déclaration. Visiblement, elle ne s'attendait pas du tout à cela.

— Pardon ? dit-elle, le regard vide.

— Tu attends mon enfant, la suite tombe sous le sens.

— Certainement pas. Je ne peux pas t'épouser !

— Et pourquoi donc ?

— Déjà, nous nous connaissons à peine…

— Parce que tu connais celui que tu es censée épouser ?

— Non, effectivement, reconnut-elle avec réticence.

— Et au moins, nous savons que l'alchimie est réelle entre nous, fit-il remarquer, se délectant de la voir rougir.

Son corps réagit aussitôt, comme pour lui rappeler qu'il parlait à l'objet de ses fantasmes…

— Le cheikh et moi avons d'autres choses en commun… Sa

vie ressemble à la mienne, une vie de contraintes. En m'épousant, tu deviendrais prince et tu détesterais cette existence.

— Peut-être.

— Sûrement ! Toutes tes libertés s'envoleraient d'un coup.

— Ce serait un moindre mal. Du moment où nous avons conçu cet enfant, les dés en ont été jetés. Nous devons nous marier.

— C'est de la folie ! lança Charlotte, les yeux agrandis par la crainte.

Pour la rassurer, il posa la main sur la sienne et elle recula.

— Les gens pourraient nous voir, reprit-elle.

— Et alors ?

— C'est ma vie que de faire attention à tout cela !

— Une vie bien triste...

Elle détourna les yeux.

— Imaginons pour un instant que j'accepte. Tu devrais t'installer à Hemmenway, tout d'abord.

— C'est là où tu veux élever notre enfant ?

— Oui.

— Alors j'irai. Je peux travailler n'importe où, expliqua-t-il, alors que les yeux de Charlotte s'arrondissaient de surprise. Je n'ai aucune famille qui me retienne à Manhattan. Le lieu ne compte pas pour moi.

Tout en parlant, il s'apercevait, presque étonné, que c'était la vérité.

— Tu es fou, répondit-elle doucement. Pourquoi irais-tu faire une chose pareille ?

Rocco hésita, peu habitué à dévoiler son âme. Mais avec Charlotte, c'était différent. Elle méritait la vérité. En la partageant avec elle, il l'aiderait à comprendre que son offre était sincère.

— Parce que mon père ne voulait pas de moi, expliqua-t-il en gommant soigneusement toute émotion de sa voix. J'étais non désiré. Un accident. Il ne m'a pas reconnu. Jamais je ne ferai vivre cela à mon enfant, jamais !

La compassion emplit le regard de Charlotte. Mais il ne voulait pas de ce sentiment.

— Épouse-moi, princesse ! reprit-il vivement. Tu sais que c'est le mieux à faire.

Il voyait qu'elle flanchait, sans doute en raison de la pitié qu'elle éprouvait pour lui. Et il détesta cela.

— Je dois y réfléchir. Je t'appellerai dans quelques jours...

— Non. Tu dois te décider ici, avec moi. Si tu as des questions, je suis prêt à y répondre.

— Tu n'auras peut-être pas toutes les réponses...

— Juge-moi sur pièces, tu verras bien.

— Eh bien...

Elle hésita avant de reprendre.

— Y a-t-il quelque chose dans ton passé qui puisse embarrasser la couronne ? Je suis désolée, s'excusa Charlotte, si nous avions le luxe du temps, j'aurais trouvé comment demander cela de façon plus diplomatique.

Les yeux de Rocco soutinrent son regard.

— Embarrassant comment ?

— Je ne sais pas, moi... Un autre enfant naturel, une tache sur ta carrière, une vidéo compromettante diffusée sur les réseaux sociaux, une amante éconduite qui voudrait se venger ? Quoi que ce soit qui puisse nuire.

— Non.

— Non ? Excuse-moi, mais je trouve cela difficile à croire. Tu as couché avec bien des femmes, visiblement. Comment peux-tu être sûr qu'il n'y en a pas une qui l'ait mal vécu et qui attendrait patiemment l'opportunité de frapper ?

— Je choisis mes partenaires avec discernement.

— Bon, admettons... Mais tu ne sembles pas homme à te ranger. Es-tu sûr de pouvoir renoncer à... ton style de vie ?

— Ce que je veux n'a plus d'importance. Tu es enceinte, toute discussion est close.

Le souffle de Charlotte se fit rauque, lui brûlant les poumons.

Elle enchaîna, incapable de savoir pourquoi ce qu'il venait de dire faisait si mal.

— Il faudrait nous marier sans tarder… Ma grossesse se verra dans quelques semaines…

— Bien.

— Bien quoi ?

— Dans ce cas, marions-nous rapidement.

Elle secoua doucement la tête.

— J'apprécie ton offre, Rocco mais nous avons tous deux besoin d'y réfléchir. Ce que tu proposes provoquera un grand bouleversement dans ta vie. Prends au moins la nuit pour y penser. Ensuite, nous en reparlerons.

Il la fixa d'un regard étincelant, furieux de ses hésitations. Ne comprenait-elle pas que jamais il ne laisserait ce bébé grandir loin de lui ?

— Pour être parfaitement clair, il existe d'autres options que le mariage, dit-il d'un ton presque menaçant.

— Comme… ?

— La garde partagée.

La peur agrandit le regard de Charlotte.

— Cela ne pourrait jamais marcher. L'héritier du trône d'Hemmenway ne peut passer d'un continent à l'autre, toujours entre deux parents…

— Dans ce cas, je peux me charger de l'élever seul, insista-t-il, les yeux plantés dans les siens.

La réaction de Charlotte fusa, sans équivoque :

— C'est hors de question !

— Pourquoi ? Cela résout les problèmes. Reste discrète pendant ta grossesse, évite les photos et donne-moi le bébé à la naissance. Tu n'entendras plus parler de moi.

Tremblante de rage, elle le fusilla du regard.

— Comment oses-tu ?

Il lui avait fallu jouer cette carte mais il le regretta en voyant les larmes briller dans ses yeux.

— Comment oses-tu, toi ? rétorqua-t-il. En quoi ta proposition est-elle différente de la mienne ? Pourquoi l'un de nous devrait-il renoncer à cet enfant ?

— Parce que tu ne veux pas d'enfant ! jeta Charlotte d'une voix tremblante.

— Je n'avais jamais pensé en avoir, reconnut Rocco, mais à présent qu'il est là, je veux faire partie de sa vie. Je veux qu'il sache que je me suis battu pour lui, dès le début.

— Et si je refuse ?

Sa voix n'était qu'un murmure mais il fallait qu'elle sache jusqu'où il pourrait aller.

— Je t'assignerai au tribunal pour obtenir la garde, affirma-t-il en croisant les bras sur sa poitrine.

Elle se mordilla la lèvre, cherchant à reprendre le contrôle sur ses émotions.

— Dans ce cas, je n'ai d'autre choix que de t'épouser.

Il venait d'emporter la victoire mais Rocco ne ressentait pas le moindre triomphe. Comment l'aurait-il pu, alors qu'une larme coulait sur la joue de Charlotte, qu'il la vit essuyer furtivement ?

5

Elle ne dormait pas. L'accord auquel ils étaient parvenus la hantait. Des fiançailles discrètes. Un enfant. Ce n'était pas de l'amour qu'offrait Rocco, mais elle partagerait tout de même sa vie avec lui. C'était son choix. Sa seule nuit de passion avait décidé de son avenir. Tout avait pris des proportions inattendues. L'adrénaline, l'excitation la tenaient éveillée. Elle fit les cent pas sur la moquette feutrée de sa chambre d'hôtel, imaginant la meilleure façon d'annoncer la nouvelle à sa famille.

Elle était décidée à mettre ce bébé au monde et supporterait tout ce qu'elle devrait traverser pour cela. Pour l'enfant.

Après tout, un enfant, n'était-ce pas ce que ses parents voulaient ? Ils lui pardonneraient, puisqu'elle exauçait leur vœu d'un héritier. Et même s'ils lui en tenaient rigueur, cela importait peu à Charlotte.

Tout ce qui comptait, c'était Rocco, son visage, son corps, sa voix, l'offre honorable qui était la sienne, sa confession déchirante au sujet de son père et la façon dont il avait spontanément réagi à ce qu'elle lui annonçait.

Comment aurait-elle pu refuser ? Et surtout, pourquoi n'en avait-elle aucune envie ?

Elle se recoucha et les yeux fermés, imagina que c'était Rocco dont les mains parcouraient son corps. Doucement, elle gémit, éperdue de désir… Elle avait accepté l'offre de

Rocco car c'était le plus raisonnable, mais la raison n'avait rien à faire dans les sentiments qui l'assiégeaient à présent.

Quand Charlotte s'éveilla le lendemain, une foule de messages saturaient son téléphone. Appels, textos… La vue encore brouillée par le sommeil, elle fit défiler la liste des messages jusqu'à tomber sur celui qui émanait de son frère, Nicholas.

Es-tu réellement fiancée ? Et à un Américain ? J'ai eu des réunions avec l'équipe du cheikh toute la semaine. Rappelle tout de suite pour m'expliquer ce qui se passe !

Elle poussa un cri étranglé et se leva. La moquette épaisse de sa chambre l'accueillit. Au-delà de la baie, Central Park déployait son oasis de verdure. D'un doigt tremblant, par le biais d'un hashtag, elle chargea un article de presse.

D'après nos informations, il semblerait que les rumeurs au sujet des fiançailles de la princesse d'Hemmenway soient fausses… au moins sur le choix de son fiancé. Car on sait de source officieuse que la princesse épouserait le milliardaire Rocco Santinova. Affaire à suivre !

Un cri étouffé lui échappa, et elle se passa la main dans ses cheveux.

— Formidable, murmura-t-elle. Il ne manquait que cela…

Elle aurait dû appeler ses parents mais se retrouva à composer le numéro de Rocco.

Il répondit à la deuxième sonnerie, d'un ton si détaché et sensuel qu'elle en grinça des dents : comment pouvait-il se montrer si décontracté alors qu'elle était à deux doigts d'une crise de nerfs ?

— C'est toi qui as révélé cela à la presse ?

— Bonjour à toi aussi, princesse !

— La politesse est le moindre de mes soucis pour l'instant ! Comment notre arrangement privé peut-il se retrouver sur Internet ?

— Je suppose que tes fiançailles intéressent les gens…

— C'est bien pour cela que le palais aurait fait une déclaration officielle dans la journée ! Tu l'as fait exprès, n'est-ce pas ? poursuivit Charlotte, soudain en proie au doute. Pour t'assurer que je ne revienne pas sur ma parole !

— Je suis flatté que tu voies en moi un aussi fin stratège, mais non, je n'ai rien à voir là-dedans. N'as-tu pas pensé qu'on ait pu nous entendre, hier, au bar ?

— Mais dans ce cas, pourquoi ne pas parler de ma grossesse ? Ça aurait tout autant passionné les gens.

— Peut-être qu'on n'a pas entendu l'intégralité de notre conversation, répondit Rocco, impatient. Est-ce que cela compte ? Il fallait l'annoncer. Eh bien, c'est fait !

— Cette fuite ne te dérange pas plus que cela ?

— Non, puisqu'elle ne change rien.

— C'est vrai, reconnut-elle en appuyant son front à la vitre de la baie. Mais c'est loin d'être idéal.

— Tu as raison. Hélas, nous n'y pouvons rien.

— Je voulais l'annoncer personnellement à mes parents.

Elle avait beau ne pas être proche d'eux, ils restaient ses parents et méritaient quelques égards.

— Tu pourras le leur confirmer en personne. Avec moi à tes côtés.

Une chaleur soudaine emplit le ventre de Charlotte. L'idée d'affronter ses parents aux côtés de Rocco avait quelque chose de rassurant et d'inquiétant à la fois.

— Envoie-moi ton adresse par texto, j'arrive !

— Pourquoi ?

— Parce que nous sommes d'accord sur le fait de gérer cette affaire au plus vite. Alors pourquoi perdre du temps ? Je peux t'avoir rejointe d'ici une heure, et de là, nous partirons pour Hemmenway.

La déclaration était tranquille, terre à terre, et pourtant, le cœur de Charlotte tambourinait dans sa poitrine, déchaîné.

— Tu parles de déménager à Hemmenway… aujourd'hui ?

— Je garde mes appartements, ici comme ailleurs. Je n'emménage pas à Hemmenway, je t'y accompagne.

— Mais tu n'y es pas obligé ! Prends ton temps, viens dans quelques jours, suggéra-t-elle, se sentant coupable de bouleverser sa vie.

— Tu portes mon enfant. Si tu crois que je vais te laisser te balader seule à l'autre bout du monde, tu te trompes lourdement. Envoie-moi ton adresse !

Il raccrocha avant qu'elle ait pu répondre et peut-être cela valait-il mieux pour lui de ne pas sentir la blessure que provoquaient en elle ses paroles.

Charlotte avait toujours su qu'elle ne comptait pas pour elle-même mais pour l'héritier qu'elle porterait un jour, et aujourd'hui, elle se trouvait fiancée à un homme qui ne l'épousait que pour ce bébé qui grandissait en elle… Elle payait très cher sa petite escapade, plus cher qu'elle n'aurait jamais pu l'imaginer.

Il arriva moins d'une heure après. Dans son jean et son pull noir, il était si beau qu'elle eut l'impression de le voir pour la première fois. Et comme la première fois, elle sentit son pouls s'emballer et sa tête devenir si légère qu'elle aurait pu s'évanouir. Peut-être parce que ses agents de sécurité se tenaient sur le perron, il s'approcha, les yeux légèrement moqueurs, jusqu'à quelques centimètres d'elle. Alors il effleura ses lèvres. Ce n'était qu'un baiser chaste et pourtant, Charlotte faillit défaillir.

— Bonjour, dit-il d'une voix sensuelle qui glissa comme une caresse le long de sa colonne vertébrale.

Il ne faisait que jouer un rôle, elle le savait, et pourtant, ce qu'elle éprouvait en retour était authentique. Son corps tremblait comme au bord d'une ligne de faille.

— Rocco, dit-elle d'une voix si émue qu'elle en eut honte.

Il serait facile de convaincre Hemmenway qu'il s'agissait

d'un coup de foudre… à condition de ne pas oublier que ce n'était qu'une comédie.

Elle congédia ses gardes en les assurant que tout allait bien et ils se retirèrent après un signe de tête déférent.

— Gentils garçons ! commenta ironiquement Rocco.

— Oui, du genre à te casser le cou avec leur petit doigt.

— Mon cou est solide, rassure-toi.

Encore une fois elle frémit car elle savait que personne ne pouvait défaire Rocco Santinova. Il était fort, viril comme un dieu antique… et si elle continuait à broder sur ce thème, elle allait sombrer dans la folie.

De sa poche, Rocco sortit un écrin de velours et le lui tendit. Elle l'accepta machinalement, et le tint au creux de sa paume jusqu'à ce qu'elle s'interroge sur son contenu. De fait, quand elle l'ouvrit, elle découvrit une bague, une émeraude ronde cerclée de diamants. C'était un bijou fabuleux.

— C'est magnifique, murmura-t-elle, la gorge serrée. Comment t'es-tu procuré une telle bague aussi vite ?

— Le joaillier a ouvert pour moi de très bonne heure, dit-il en lui glissant l'émeraude à l'annulaire.

Bien sûr. Que ne ferait-on pas pour Rocco Santinova ? Le cœur battant à tout rompre, elle se recula, cherchant désespérément à regagner une forme de contrôle sur elle-même. Elle se racla la gorge :

— Assieds-toi…

Comme il ne faisait pas mine de bouger, ce fut elle qui s'approcha d'un sofa, et jamais marcher ne lui avait paru si difficile. Elle ne s'assit pas mais passa à l'arrière, appuyant les mains sur le dossier.

— J'ai demandé au photographe officiel de prendre une photo à notre arrivée, puisqu'avec la fuite dans les médias, nos fiançailles ne sont plus un secret. Une photo sera bienvenue suite à l'annonce du palais.

Il gardait le silence, mettant ses nerfs à vif. Elle n'avait pas l'habitude de cette sensation mais il était facile à Rocco de la déstabiliser, et elle redoutait son air parfois moqueur. Elle se redressa de toute sa hauteur et reprit :

— Une fois que nous serons à Hemmenway, tu devras être présenté à ma famille, mes parents et mon frère en premier, bien sûr. Pendant le trajet, tu vas rencontrer le chef du protocole qui te mettra au courant. Je suis désolée, il y a beaucoup d'informations à absorber et c'est extrêmement ennuyeux. Mais important…

Il haussa les épaules.

— Nous verrons cela.

— Oh… Que veux-tu dire par là ?

— Simplement que j'ai peu de patience pour les protocoles…

Seigneur, dans quoi s'était-elle lancée ?

— Hemmenway est l'une des plus anciennes monarchies du globe. Nos vies sont empreintes de traditions. Tu juges peut-être cela futile mais c'est ainsi.

Son sourire faillit distraire Charlotte et elle se força à se concentrer sur leur conversation.

— Et moi, dans tout cela ?

— Une fois que tu auras passé cette étape, tu seras un homme libre. J'ai donné des instructions à Iris pour qu'elle fasse aménager un appartement pour toi, près du mien, bien sûr, mais tu auras ton espace et ton intimité.

— Est-ce que l'appartement prévoit un bureau ?

— Il y a déjà un bureau qui t'est destiné pour les obligations que tu devras assumer en tant qu'époux de la princesse : rendez-vous de travail, engagement caritatif, ce genre de choses…

— Non, dit posément Roccola main levée.

— Excuse-moi ?

— Je t'épouse pour le bien du bébé, c'est entendu. Mais je me moque de l'aspect cérémonial et je ne veux pas représenter la principauté. J'ai ma vie, mon travail. Je suis d'accord pour vivre à Hemmenway mais je ne me laisserai pas diriger, époux de la princesse ou non.

Elle aurait dû s'irriter de le voir si arrogant, mais sa détermination et l'impression de puissance qu'il dégageait étaient incroyablement attirantes.

— On verra...

— Tu apprendras que je ne suis pas facile à vivre, *cara*. La meilleure chose pour toi serait d'accepter mes conditions d'emblée. Choisis soigneusement tes combats.

Cara ? Le mot doux s'était glissé en elle comme de l'or fondu mais la suite avait de quoi l'aiguillonner.

— C'est une menace ?

Il rit, et le son rauque changea son sang en lave.

— Une simple mise en garde. Si à trente-deux ans, j'ai toujours vécu seul, c'est qu'il y a des raisons. Laisse-moi en paix, je te retournerai la politesse et tout sera parfait.

Ils étaient dans l'avion depuis une heure et Charlotte se tourna vers le chef du protocole, qui profitait du trajet pour informer Rocco des règles en vigueur au palais. Elle surprit son regard exaspéré et ne put que lui renvoyer une mimique d'excuse silencieuse... Rocco était récalcitrant, têtu, ce qui n'était pas pour lui déplaire. Inconsciemment, ses lèvres ébauchèrent un sourire alors qu'elle sirotait le thé qu'on leur avait servi. Par le hublot, au-dessous d'eux, elle apercevait une mer de nuages. Et de l'autre côté de la travée se trouvait Rocco, qu'elle n'avait pas besoin de regarder car sa proximité agitait chacune des cellules de son corps. Visiblement, il se moquait des préconisations du protocole, faisant preuve d'un esprit rebelle qu'elle lui enviait. Même lorsqu'elle s'était enfuie à New York, ce soir-là, c'était pour échapper à sa vie : une vraie rébellion serait de peser ce qu'elle était prête à accepter. Elle avait dit oui trop longtemps.

Elle posa la main sur son ventre encore plat et soudain,

des larmes perlèrent à ses yeux. Pour la première fois depuis qu'elle se savait enceinte, elle ressentait la réalité de son état. Elle cligna des yeux pour dissimuler son émotion mais Rocco l'avait perçue.

— Cela suffira, dit-il à l'adresse du chef du protocole.

— Monsieur, nous n'en avons pas terminé…

— Le reste attendra, rétorqua Rocco en le toisant, glacial. Ma fiancée et moi aimerions un moment d'intimité.

Sans attendre de réponse, il déboucla sa ceinture et se leva. Était-ce parce qu'il était fiancé à la princesse ou parce qu'il était Rocco Santinova ? En tout cas, l'officier du palais quitta rapidement la cabine, emmenant le personnel à sa suite. Charlotte, à l'évidence, n'avait pas réalisé qu'ils étaient seuls. Elle détournait le visage mais il surprit une larme qui roulait sur sa joue.

Une sensation étrange se logea dans la poitrine de Rocco alors qu'il prenait place dans le siège à côté d'elle. Elle tressaillit et se tourna vers lui à contrecœur.

— Vous en avez déjà fini ? demanda-t-elle en s'obligeant à afficher un brillant sourire.

— Nous avons couvert l'essentiel.

— Et le reste te paraissait superflu, n'est-ce pas ? ajouta-t-elle en soupirant.

Rocco sentit sa gorge se nouer.

— Tu ne me crois pas capable de gérer tout cela ?

— Si quelqu'un peut gérer, c'est toi. Je ne suis pas inquiète.

— Tant mieux, dit-il en croisant les jambes d'un air détendu. En ce qui concerne la vie du palais, j'aimerais mieux apprendre les choses de ta bouche.

— Pourquoi ? Le chef du protocole est très compétent…

— Tu es plus agréable à regarder, décréta-t-il, charmé de la voir rougir, même si elle levait les yeux au ciel. Parle-moi un peu de celui que tu aurais dû épouser, cela me donnera une idée de ce que souhaitaient tes parents. Un cheikh, disais-tu ? Donc forcément issu d'une famille royale ?

Le hochement de tête de Charlotte lui servit de réponse.

— Et tes sentiments, dans l'affaire ? reprit Rocco.

Charlotte leva un sourcil cynique.

— L'amour n'a rien à voir avec les mariages princiers.

— Cela ne te dérangeait pas ?

— Si, bien sûr. Mais le mariage de mes parents aussi a été arrangé. J'étais habituée à l'idée.

Rocco absorba ses paroles en silence.

— Et c'est aussi bien que je n'aie pas prévu de tomber amoureuse, reprit-elle, puisque c'est toi que j'épouse.

— Très juste.

Il se pencha vers elle et vit ses yeux se troubler. La façon dont elle réagissait à sa proximité le fascinait, l'intriguait et l'attirait terriblement.

— Cela ne veut pas dire que tout sentiment soit absent de notre relation, ajouta-t-il, son souffle sur les lèvres de Charlotte.

— Que veux-tu dire ?

Le désir se répandit en lui comme une coulée de lave.

— Que notre nuit de noces me paraît bien lointaine...

— Rocco, dit-elle d'une voix étranglée, rappelle-toi que...

— Que dois-je me rappeler ? rétorqua-t-il, si proche de ses lèvres qu'elle gémit.

— Que notre mariage est un accident, expliqua Charlotte d'une voix qui manquait de conviction. Si je n'étais pas tombée enceinte, nous ne nous serions pas revus, si ?

— Non, admit Rocco, se demandant s'il imaginait la peine qui traversait le regard de Charlotte, et décidant que oui. Mais ne nous attardons pas sur les « si » et les « mais ». Tu attends un bébé et il est de moi.

Est-ce que la note possessive de sa voix était perceptible ? En tout cas, il se sentait futur père jusqu'au plus profond de son âme. Ce bébé était à la fois à elle et à lui. À eux.

— Dès que ce sera humainement possible, reprit-il, tu seras ma femme. Et je ne vois aucune raison de nous priver de ce qui va avec, puisque nous l'apprécions tous les deux.

Avant qu'elle ait pu songer à une réponse raisonnable, Rocco avait poussé son avantage et pris sa bouche. Sa langue s'insinua contre la sienne, la domina, obligeant Charlotte à affronter la réalité de ses sentiments.

Son cerveau lui hurlait de reprendre contrôle d'elle-même, de le repousser… Mais son corps, qui l'avait désiré à chaque seconde depuis leur séparation, était incapable de résister. Au fond de sa gorge naquit un gémissement, le baiser excitant ses sens jusqu'à ce qu'elle y réponde fébrilement, sa langue cherchant la sienne, les mains dans ses cheveux, le corps désespérément tendu vers le sien. Il fallait qu'elle se reprenne, ils ne pouvaient pas commencer ainsi leur vie commune… Mais sa raison lui refusait tout service. Elle était moite de désir, les nerfs à vif, bouleversée par son assaut. Et tout comme la première nuit qu'elle avait passée avec lui, un esprit de rébellion se levait en elle. Au diable les convenances ! Quand il se recula pour la regarder, elle dut ravaler sa déception. Le baiser ne lui suffisait pas, elle voulait plus !

Alors qu'elle se sentait fondre de désir, Rocco affichait l'air calme du multimilliardaire maître de lui en toutes circonstances. Et pire, une lueur d'amusement dansait dans son regard aux paillettes d'argent.

Elle leva vers lui un visage suppliant mais il garda ses distances.

— Ta première fois a été une erreur.

Elle reçut ces mots comme un jet de pierres et son regard trahit la blessure qu'elle ressentait.

— Je ne te savais pas inexpérimentée, reprit-il, sinon…

Elle finit par retrouver la parole.

— Il ne se serait rien passé, c'est cela ?

Il eut un sourire désabusé.

— Exactement.

— Et pourquoi pas ? jeta Charlotte, lui décochant un regard étincelant. Il n'y a pas de mal à être vierge !

— En général, une première fois s'accompagne d'attentes, et je ne peux que les décevoir. Je n'aime pas laisser entrevoir plus que je ne peux donner.

— Je n'ai pas couché avec toi parce que je recherchais une relation mais parce que je voulais… une première expérience !

— Avec moi, dit-il doucement.

— Eh bien, oui, tu m'attirais, répliqua-t-elle d'un ton de défi. Mais je voulais aussi me débarrasser de ma virginité. Et tu étais là, irrésistible…

— Tu m'as utilisé, en quelque sorte. Tu désirais ne plus être vierge alors tu m'as suivi chez moi. Tu devais savoir que je ne me doutais de rien.

Elle fronça les sourcils. Comment répondre ? Elle s'éclaircit la gorge.

— Je n'y ai pas du tout réfléchi. D'ailleurs, la faculté de penser m'a désertée à la minute où j'ai posé les yeux sur toi. Mais toi, tu ne perds jamais tes moyens, pas plus maintenant qu'alors…

— Il est inutile de poursuivre, nous ne pouvons rien changer au passé. Mais ta première fois aurait dû être différente.

— Tout va bien, je t'assure, n'en fais pas toute une affaire. Et comme tu viens de le dire, on ne peut rien y changer.

— Non. Mais ce n'était pas du sexe, entre nous, Charlotte.

— Dans ce cas, ma grossesse est un miracle.

Un sourire effleura les lèvres de Rocco avant qu'elles ne reprennent un pli contrarié.

— Je voulais dire que le sexe, c'est beaucoup plus que ce que nous avons fait. Et tu mérites d'en connaître tous les aspects. D'ailleurs, je compte bien te les faire découvrir, murmura-t-il, nuit après nuit…

Il était diabolique. Il fallait qu'elle lutte sous peine de perdre la raison. Mais elle était si tentée de s'abandonner...

— Je crois que ce serait une erreur. Pour notre mariage.

— Vraiment ? Et en quoi ?

Sa voix était taquine à présent : il la savait alléchée...

— Ce mariage sera plus simple si nous maintenons une distance.

— Je resterai en dehors de ta vie, promit-il en se penchant sur elle et défaisant d'une main, un à un, les boutons de son chemisier. Et tu resteras en dehors de la mienne. Sauf la nuit, où tu ne seras plus une princesse mais une femme, et moi, ton mari. Celui qui t'enseignera le vrai sens du plaisir.

Sa main s'était glissée sur son sein et elle en perdit le souffle.

— D'accord ? reprit Rocco.

Elle hocha la tête en gémissant, consciente d'avoir pactisé avec le diable, ce diable qui allait devenir son époux.

6

Il arrivait à Charlotte d'être nerveuse mais elle le laissait rarement transparaître. Pourtant, alors qu'elle se tenait sur le seuil de la salle d'audience d'une impressionnante longueur, elle sentit sa gorge se nouer. Et ni les décorations de Noël ornant chaque fenêtre, ni la proximité de Rocco ne pouvaient soulager la panique qui s'emparait d'elle.

— Respire, lui murmura Rocco.

— Plus facile à dire qu'à faire. Tu ne les connais pas...

Le chef du protocole apparut, s'inclinant avec déférence devant la princesse et accordant à peine un regard à Rocco.

— Leurs Altesses vous attendent, Madame.

— Merci, lui répondit-elle avant de se tourner vers Rocco. Il n'est pas trop tard pour faire marche arrière.

Rocco posa les yeux sur son ventre.

— Vraiment ?

C'était à la fois rassurant et désespérant. Un mariage d'amour n'avait jamais été écrit dans la destinée de Charlotte mais l'espace d'une seconde, elle en voulut au monde entier pour cette union qu'elle n'allait contracter qu'à cause de l'enfant qu'ils avaient conçu.

— Dis-moi ce qui te tracasse tant, reprit-il en la voyant crisper les mains, malgré les années d'éducation qui lui avaient appris à dissimuler ses émotions.

Elle faillit rire à l'absurdité de la requête.

— Oh ! rien du tout, à part de leur revenir enceinte et fiancée à un homme qui ne risque pas d'emporter leur approbation… À moins que ce ne soit d'avoir à annuler une alliance prévue par leurs soins il y a plus de cinq ans… Ou encore…

— Oui ? la relança-t-il alors qu'elle s'interrompait, la dévisageant d'un regard bien trop inquisiteur.

— Rien, murmura-t-elle. Finissons-en !

Elle ferma les yeux et alors qu'elle prenait une grande inspiration, une légère bouffée de son parfum lui parvint, mélange d'ambre et d'épices, et son corps réagit instantanément.

Elle allait franchir le seuil mais la main de Rocco saisit son poignet, déclenchant en elle une pluie d'étincelles.

— Écoute-moi bien, princesse. Je me moque d'avoir ou non leur approbation. Ils ne seront pas les premiers à qui je déplairai. Mais je n'accepterai pas qu'on traite mon enfant en intrus à cause des circonstances de sa conception. Dis-moi tout de suite s'il devra payer le prix de notre choix et si c'est le cas, je t'emmène immédiatement, dit-il, posant sur elle un regard intense. Loin d'ici, et je veillerai à ce que toi et l'enfant ne manquiez jamais de rien.

Elle le dévisagea. Oui, c'était bien le seul sur terre à pouvoir l'arracher à cette vie de devoirs et à lui en bâtir une nouvelle. Mais le respect des traditions était ancré en elle.

— Je ne peux pas partir, dit-elle avec un petit signe de dénégation.

— Est-ce que ce sera le mieux pour le bébé ? Pense à tout ce que je peux vous offrir : confort, sécurité, intimité…

C'était tentant. Imaginer cette autre vie réveillait en elle l'esprit de liberté qui l'avait animée la nuit de leur rencontre. L'espace d'une seconde elle voulut dire oui, mais le sens du devoir l'emporta.

— J'aimerai tant cet enfant que tout ira bien, assura-t-elle avec fermeté. Je lui ferai une vie merveilleuse, même ici, je te le promets. Mais si tu as le moindre doute au sujet de ta présence à mes côtés…

Le feu du regard de Rocco s'éteignit.

— Les doutes n'entrent pas en ligne de compte. Ma place est près de vous. Et si tu choisis de vivre ici…

— Ce n'est pas un choix, expliqua-t-elle, désespérant de le lui faire comprendre. Ce que tu offres est…

Merveilleux, extraordinaire…

—… Extrêmement généreux, reprit Charlotte, mais cela ne fonctionnerait pas. Je ne peux pas tourner le dos à cette vie qui est la mienne, même si j'en ai envie. Renoncer à mes devoirs, ce n'est pas moi.

L'expression qui passa fugitivement sur le visage de Rocco lui fit chaud au cœur et l'inonda de fierté. Cela ressemblait à du respect.

— Alors allons-y, princesse !

Il avait l'habitude du luxe et des privilèges mais ici, constata Rocco, on était dans une autre dimension. Il avait peut-être cru à une certaine exagération de la part de Charlotte mais à peine avaient-ils franchi le seuil de la salle d'audience qu'il fut frappé par la froideur et le formalisme des retrouvailles avec sa famille. C'était pourtant leur fille qui revenait, apparemment heureuse, amoureuse et fiancée. Mais les parents de Charlotte ne bougèrent pas d'un pouce à son entrée. Tout ce qu'exprimaient leurs visages était le dédain.

Charlotte, bien sûr, ne représentait rien pour lui mais elle était la mère de son enfant et cela réveillait les instincts protecteurs de Rocco. Comment aurait-il pu en être autrement ? N'avait-il pas vu sa mère peiner toute sa vie, essayant en vain de relever les défis journaliers de son existence ? Il était normal qu'il veuille épargner les chagrins à Charlotte, parce qu'il assumait entièrement sa responsabilité de leur situation. Jamais il ne serait comme son père. Il s'approcha d'elle, suffisamment pour que la tiédeur de son corps la rassure, assez pour l'entendre exhaler un faible soupir.

— Mère, père, fit-elle avant de se tourner pour saluer son frère. Nicholas… Je voudrais vous présenter Rocco Santinova, mon fiancé.

Leur salut, un petit mouvement de tête, fut le plus impersonnel qu'il ait jamais vu. Ils le fixaient avec un mélange de déplaisir et de scepticisme qui lui était familier : ses études l'avaient largement préparé à cet instant.

— Cela ne fera pas l'affaire, déclara la reine, reportant son regard sur sa fille. Nous avons presque achevé les négociations.

— Leur histoire s'étale à la une de tous les journaux, intervint Nicholas. Il faut bien qu'ils se marient !

— Les journaux se trompent. Nos services de relations publiques peuvent inventer une explication.

Rocco prit la parole, et ses mots résonnèrent comme un coup de tonnerre dans la pièce.

— Non ! Ce mariage se tiendra comme prévu.

Sa patience avait été suffisamment éprouvée et il savait ce qu'ignorait Charlotte : elle et lui avaient toutes les cartes en main. C'était pour cela qu'il ignorait son regard suppliant.

La reine le dévisagea, visiblement choquée.

— Je vous demande pardon ?

— J'ai proposé à Charlotte de m'épouser, elle a accepté, et notre mariage aura lieu aussi vite que possible.

— Mais… Vous ne comprenez pas…

Il prit dans la sienne la main tremblante de Charlotte.

— Je comprends très bien. Nous sommes navrés que vos plans soient contrariés mais nous n'y pouvons rien. Charlotte sera ma femme.

— Qui est cet homme ? intervint le roi. Que savons-nous de lui, à part qu'il est fortuné ? Rien. L'argent ne suffit pas, Charlotte. Vous devez épouser le descendant d'une famille royale, afin de nous donner un héritier de sang royal.

Charlotte semblait en pleine détresse, et Rocco eut envie de démolir quelque chose. C'était absurde d'imaginer qu'on puisse contrôler ainsi la vie d'un être humain !

— Je vais m'exprimer clairement, déclara-t-il d'un ton qui n'admettait pas de réplique. Votre fille et moi allons nous marier. À moins que vous ne comptiez nous jeter en prison, cela aura lieu sous quinzaine. Nous serons ravis de nous installer en Europe ou en Amérique si cela vous convient mieux.

Un silence consterné lui répondit.

— Ou bien, reprit-il d'un ton dangereusement calme, conscient de les acculer, si vous pouvez trouver en vous la force de soutenir votre fille et d'accepter sa décision, nous pouvons rester ici. À condition que vous respectiez nos choix. C'est bien clair ?

Ils avaient quitté la grande salle et Charlotte dévisageait Rocco, les yeux écarquillés.

— Seigneur, murmura-t-elle, personne ne leur a jamais parlé comme ça ! J'ai du mal à y croire...

— Ne me dis pas que je suis allé trop loin, dit-il, les yeux étincelants. Pas après la manière dont ils t'ont traitée !

Une vague de chaleur envahit Charlotte.

— Non, tu as été merveilleux, répondit-elle en s'accrochant à son bras. Je n'aurais jamais pensé mettre notre départ dans la balance mais c'est la dernière chose qu'ils veulent...

Non parce qu'ils l'aimaient, non parce qu'elle leur manquerait trop, mais parce qu'elle leur était nécessaire. Elle ravala une bouffée d'amertume, refusant de se laisser aller aux émotions négatives alors qu'une telle victoire venait d'être emportée.

— Comment peux-tu les laisser te régenter ainsi ?

— C'est comme ça depuis toujours, soupira Charlotte, j'y suis habituée...

Le beau visage de Rocco était marqué par la colère.

— Étonnant qu'il te reste encore une once d'estime de soi...

— Ils ne sont que le produit de leur éducation.

— C'est vrai de nous tous. Nos vies nous façonnent, mais nous apprenons à traiter nos contemporains avec respect.

— Ce que tu dis est valable pour toi aussi ?

— Évidemment. Je serais stupide de croire que les expériences de ma mère ne m'ont pas marqué. Mais tes parents ne méritent pas que tu les excuses, affirma-t-il doucement alors qu'elle posait la main sur son bras, frémissante.

— Ils ne sont pas si mauvais !Tu sais, mon frère m'a dit qu'avant sa maladie, nos parents étaient vraiment différents... Un jour, j'ai fait une bêtise, j'étais au lycée alors. Ils étaient furieux contre moi. C'est mon frère qui m'a réconfortée. Il a tenté de m'expliquer la raison de leur colère. Il m'a dit ce que je te dis aujourd'hui : c'est leur vie qui les a rendus comme ça. Leur peur de perdre leur fils, d'être sans héritier... Quelque chose en eux s'est fissuré et rien n'a plus jamais été pareil. Je ne leur cherche pas d'excuse, c'est... de la compassion. Je suis désolée pour eux. Je peux les comprendre...

Il posa une main douce sur sa joue.

— Tu ne leur ressembles pas. Aucune tragédie au monde ne pourrait te conduire à traiter notre enfant aussi mal.

Elle leva un regard reconnaissant vers lui, envahie d'une bouffée d'amour maternel.

— Jamais, je te le promets, lança-t-elle, assez fort pour que la petite vie en elle puisse l'entendre.

Le regard de gratitude qu'il lui jeta émut profondément Charlotte. Elle se sentit liée à lui par quelque chose de très fort, et elle s'abandonna à ce sentiment.

— Et si tu me montrais mes appartements ?

La question de Rocco la ramena sur terre.

— Les suites de la famille sont dans l'aile est, au premier.

— Emmène-moi...

Charlotte le précéda dans les couloirs. Un frémissement d'anticipation courait le long de sa colonne vertébrale. À chaque pas elle était plus consciente de sa proximité, et ce fut à la fois un soulagement et une torture d'atteindre sa suite.

— Mon appartement est juste à côté, dit-elle en désignant une large double porte au fond du couloir.

Elle poussa celle de la suite de Rocco. La sécurité était moins présente dans cette partie du palais, deux gardes seulement se tenaient sur le palier. Charlotte se détendit en entrant, appréciant l'intimité dont ils allaient pouvoir jouir.

Rocco étudia les lieux : l'antichambre, une kitchenette pour le thé ou le café, la chambre et un salon aux larges baies vitrées donnant sur un balcon.

— Je vais installer mon bureau ici, déclara-t-il.

Elle n'allait pas formuler la moindre objection, pas après qu'il l'ait si formidablement défendue… Pas alors que son corps tremblait de désir…

— Il te suffira de demander au personnel ce qu'il te faut.

— Comment te sens-tu ?

Le regard de Rocco se portait vers son ventre et le cœur de Charlotte se serra : cela lui rappelait la raison qu'ils avaient d'être ensemble…

— Ça va. Je ressens un peu de fatigue mais pas d'autre symptôme.

— Bien. Quand vas-tu en parler à tes parents ?

— Après le mariage. Je sais bien que cela le justifierait à leurs yeux, mais je ne suis pas prête. Pour l'instant, le bébé est à nous seuls. Une fois que la nouvelle sera publique, la presse… Non, je ne suis pas prête à en parler encore.

Ni du bébé, ni de ce qu'elle sentait naître entre eux.

— Très bien, cela t'appartient. Parlons un peu du mariage.

Il s'était approché et l'enlaçait à présent. Elle déglutit.

— De quels aspects du mariage ?

— Où ? Quand ? Combien de gens ?

— Il y aura beaucoup de monde… Le palais s'en chargera, donne-leur simplement la liste de tes invités.

— Ce sera vite fait : personne.

Elle leva un sourcil étonné.

— Personne, répéta-t-il.

— Pas d'amis ?

— Est-il nécessaire qu'ils soient présents ?

— Non, mais c'est ce qu'on fait d'habitude...

— Notre mariage n'a rien d'habituel, puisque nous nous marions pour l'enfant. Je ne vois pas pourquoi mes amis y assisteraient... Cela te dérange ? ajouta-t-il en voyant se fermer le visage de Charlotte.

Si, portée par son propre désir et l'attitude chevaleresque de Rocco, elle avait pu oublier un instant la réalité de leur situation, elle s'y retrouvait confrontée. Il était clair, honnête. Comment avait-elle pu se bercer d'illusions ?

— Non, mentit-elle, se forçant à afficher une expression neutre. Tu peux inviter ou ne pas inviter, à ta guise.

— Tant mieux, je n'aimerais pas te perturber.

— Pour la date, reprit-elle en essayant de se concentrer, une semaine me paraît un bon délai, cela évitera les questions au sujet du bébé.

— Oui, et cela nous évitera en plus d'avoir à attendre trop longtemps.

— Pour faire quoi ? dit-elle, désarçonnée par sa remarque.

Il afficha un grand sourire avant de l'embrasser, les mains sur ses hanches, la maintenant contre lui si bien qu'elle sentit son excitation. Aussitôt elle s'enflamma.

— Je ne pourrai jamais attendre, souffla-t-elle.

Il rit doucement, et descendit embrasser le creux de sa gorge, où il passa la langue.

— Il le faudra bien... Est-ce qu'un homme t'a déjà touchée ici ? murmura-t-il alors que sa main relevait sa jupe et se glissait entre ses cuisses.

Elle secoua la tête, se mordant la lèvre.

— Jamais ainsi ? reprit-il, effleurant le cœur de son intimité.

Charlotte avait l'impression d'être une fusée prête à décoller. Elle répondit d'une voix tremblante :

— Non...

— Non ? Tu veux que j'arrête, c'est ça ?

— Surtout pas ! Je voulais dire que personne ne m'avait jamais touchée ainsi, et tu le sais très bien !

Le mouvement de ses doigts se fit plus rapide et elle haleta, alors qu'il la regardait avec une acuité qui lui faisait mal et la faisait se sentir vulnérable.

— Ah, très bien...

Il continua, de plus en plus vite, jusqu'à ce qu'elle ne puisse garder les yeux ouverts, tremblant sous la force de ce qu'il lui faisait ressentir. Quand il glissa un doigt en elle, elle aurait pu tomber s'il ne l'avait fermement soutenue. Elle se cambra sous l'assaut du plaisir puis ne fut plus qu'une poupée de chiffon entre ses bras.

— Tu es prête, murmura-t-il doucement à son oreille. Je suis si impatient de te faire mienne à nouveau...

Elle l'embrassa avec toute la passion qui l'agitait.

— Alors, n'attends plus ! Je te veux, tout de suite.

— Je sais, dit-il en se reculant et lissant sa jupe. Organise ce mariage au plus vite.

Elle en aurait pleuré de frustration. Ses caresses étaient fabuleuses, mais ce n'étaient que les préliminaires, et elle ne pouvait s'en contenter.

— Ce n'est pas juste ! Quelle différence cela fait-il que nous soyons mariés ou non ? Tu n'es pas du genre vieux jeu...

— Moi, non, dit-il en posant un baiser sur le bout de son nez. Mais toi, oui... Et aussi, il faut t'assurer que cela ne comporte aucun risque pour la grossesse.

— C'est comme si c'était fait !

Une semaine après leur arrivée se leva le matin de leurs noces. Charlotte avait à peine vu Rocco. Iris lui avait dit qu'il travaillait toute la journée et elle n'avait pas osé s'enquérir de ses nuits. Non qu'elle doutât de sa fidélité, mais évoquer cela n'était pas conseillé, dans son état. D'ailleurs, il valait mieux laisser un peu d'espace à son futur mari. Ce qui lui éviterait de se jeter à ses pieds en le suppliant de finir ce qu'il avait commencé quelques jours plus tôt…

De temps à autre elle l'apercevait au bout d'un couloir et son pouls devenait frénétique, tout son corps parcouru d'un long frisson. C'était le plus étrange des tourments. Toute sa vie au palais, elle l'avait passée sans lui mais à présent, le sachant là, sur le point de s'unir à lui, elle n'y tenait plus.

La matinée lui parut interminable. On l'aida à se glisser dans un étourdissant fourreau de soie crème, une équipe de stylistes s'affaira à coiffer ses cheveux en un chignon sophistiqué et à la maquiller avec légèreté, pour un résultat d'une élégance parfaite. La couronne princière fut déposée sur sa tête mais son poids n'était pas la seule raison pour laquelle elle voulait que la cérémonie se termine : à chaque instant, c'était un vol de papillons dans son estomac.

Elle sortit au bras de son père, qui ne lui avait pas adressé un mot depuis son retour, dans la cour du palais inondée de soleil. Charlotte salua de la main la foule qui l'acclamait, souriante malgré son état de nervosité.

Les hourras de l'assistance l'accompagnèrent tout le long du chemin parcouru dans la calèche décapotée qui devait les déposer devant l'abbaye royale. Le long des cordons de sécurité se pressaient des visages ravis et souriants. Enfin, le cortège s'arrêta aux portes de l'abbaye, dont la structure médiévale était saupoudrée de neige fine.

Il semblait à Charlotte ne plus avoir aucun contrôle sur sa vie… Elle épousait Rocco car c'était la meilleure chose à faire. Pour le bébé, ils le savaient tous deux. Et pourtant, elle ne pouvait s'empêcher de ressentir une excitation qui n'avait rien à voir avec la raison, et tout avec le désir cru qui la dévorait. Elle n'en pouvait plus des fanfares et des acclamations, et n'avait qu'une idée en tête : commencer sa nouvelle vie... dès ce soir.

Douze petits pages formaient le début du cortège, portant des fleurs identiques au bouquet de Charlotte. Quand ils eurent remonté la nef, ce fut au tour de Charlotte et de son père. Elle avait plaqué un sourire de circonstance sur son visage en dépit de ses nerfs tendus à craquer. Les invités, de chaque côté de la travée, lui souriaient au passage mais elle les remarquait à peine, tant elle était captivée par Rocco. À son entrée, leurs regards s'étaient entrelacés, créant le vide autour d'eux. Plus rien n'existait.

C'était son regard brûlant qui l'attirait vers l'autel, son expression cynique qui faisait brûler ses joues et déchaînait son cœur. Et des yeux, elle lui envoyait un message qui ne trompait pas. Ce qu'elle voulait, c'était lui, et le désir qui lui crispait le ventre dominait toute raison. Le temps qu'elle le rejoigne, Charlotte était devenue si électrique qu'au moindre contact, elle craignait une tempête d'étincelles ! Et sûrement le savait-il car, de toute la cérémonie, il ne chercha jamais à la toucher. Cette réserve s'accordait parfaitement au protocole mais Charlotte avait espéré secrètement que Rocco, en franc-tireur qu'il était, aurait voulu saisir sa main, peut-être même l'embrasser...

Si elle voulait survivre à la journée, et à toutes celles qui suivraient, elle allait devoir calmer ses attentes : elle ne pouvait pas systématiquement compter sur Rocco pour la soutenir, même s'il avait pris son parti devant ses parents.

Ils prononcèrent leurs vœux, et tout le temps de la cérémonie Charlotte eut l'impression d'être en dehors de son propre corps, comme si une autre parlait pour elle. Enfin l'archevêque conclut par la fameuse phrase : « Vous pouvez embrasser la mariée », et l'on applaudit à tout rompre.

Mais c'était son pouls que Charlotte entendait tambouriner à ses tempes. Les yeux de Rocco tenaient les siens captifs, son regard la sondait, avec au fond de ses prunelles une étincelle moqueuse et impitoyable, une promesse qui faisait exploser son cœur d'anticipation.

Il l'enlaça et elle oscilla vers lui, tâchant en vain de se rappeler où elle était. Des centaines de gens les regardaient, sans même parler des milliers qui suivaient la cérémonie à la télévision...

Rocco pressa ses lèvres aux siennes, la rivant sur place, l'électrisant, et elle s'agrippa à son bras, craignant de vaciller. Il le comprit et la soutint fermement, en profitant pour approfondir leur baiser, juste assez pour faire d'elle une cire molle, puis il se recula, les yeux étincelants d'une promesse qui la fit frémir.

Ils n'échangèrent pas un mot, les regards suffisaient. Désespérément, Charlotte essayait de rassembler les pièces du puzzle mais son cerveau lui refusait tout service. Le monde n'avait plus aucun sens, et pour sa part, elle n'était pas sûre d'en être dérangée.

Leur baiser fut une oasis dans le désert d'une interminable journée consacrée aux invités. Ceux-ci semblaient conspirer pour éloigner Charlotte de son mari et elle le regardait de loin, tentant courageusement de se concentrer sur ceux qui la félicitaient alors qu'en elle s'entrebâillait la porte sur ce qu'allait être leur vie.

Ils étaient mari et femme !

L'excitation fouettait son sang et même si elle connaissait la raison de ce mariage, elle se sentait fière d'avoir bousculé l'avenir qu'on avait décidé pour elle. Au moins, quelle que soit sa vie future, elle l'aurait dans une certaine mesure choisie.

Quelques heures plus tard, la journée tirant à sa fin, le couple put décemment prendre congé. À plusieurs reprises, Iris avait évoqué une lune de miel mais Charlotte n'y avait pas prêté attention, tendue qu'elle était vers le seul objectif du mariage. À présent, la suite s'esquissait sous forme d'une limousine aux vitres teintées qui les attendait à l'une des entrées dérobées du palais. La porte en était ouverte, le chauffeur attendait. Charlotte se glissa sur la banquette arrière, en proie à un torrent d'émotions.

Rocco s'assit près d'elle et lui attacha sa ceinture. Puis il leva sur elle un regard impossible à déchiffrer mais absolument sûr de lui. Un léger chuintement indiqua que la vitre de séparation remontait, les isolant du chauffeur. Un frémissement d'excitation s'empara de Charlotte. Pour la première fois en tant que mari et femme, ils jouissaient d'une parfaite intimité.

— Madame Santinova, dit-il comme s'il dégustait l'appellation, alors que le cœur de Charlotte bondissait.

— Votre Altesse, répondit-elle du tac au tac, car le mariage lui conférait le titre de prince d'Hemmenway.

Il eut une expression cynique.

— Tu peux t'en tenir à Rocco, tu sais...

La capitale, toute pavoisée et poudrée de neige, était un vrai décor de carte postale mais, pour une fois, Charlotte était indifférente à la magie du lieu. Elle se tourna vers son mari.

— Ce type de vie ne t'attire pas...

— Il y a vraiment quelqu'un que cela attire ?

— Pas mal de gens, oui...

— Bien sûr, la vie de palais offre une certaine féerie, concéda Rocco. Mais toi qui en as connu toutes les facettes, la souhaiterais-tu à ton pire ennemi ?

La froideur de sa voix surprit Charlotte.

— Ce n'est pas si mal...

— Vraiment ? fit-il en lui prenant le menton pour l'obliger à le regarder. Tu ne vas que là où on te dit d'aller, tu n'as aucune liberté, aucune possibilité de vivre à ta guise. Tu es captive de ton royaume, princesse, et je ne vois rien de très attirant là-dedans.

— Réalises-tu que tu viens de m'épouser ? murmura-t-elle d'une voix un peu essoufflée. Cela va devenir ta vie aussi...

— Nous verrons...

Ce n'était pas la première fois qu'il jetait un doute sur la suite, et une inquiétude la traversa.

— Tu savais dans quoi tu te lançais, n'est-ce pas ?

— Bien sûr.

— Et tu vas te comporter...

— Sagement, comme un gentil petit prince ?

Elle parvint à hocher la tête, avec difficulté car sa proximité lui donnait le vertige. Il s'approcha encore, et de ses lèvres taquina le pli de son oreille.

— Même s'il est bien plus amusant d'être vilain, reprit-il.

— Rocco...

Son cœur se mit à battre de façon désordonnée et ce qu'elle aurait voulu dire se dissipa à l'approche de son baiser. Un grondement roula dans sa gorge... Charlotte comprit qu'elle n'arriverait plus à dompter un corps qui voulait prendre les rênes. La langue de Rocco taquinait le pouls à la base de son cou, la rendant folle de désir.

— Pour répondre à ta question, non, je ne respecte pas les institutions royales. En fait, je crois bien les mépriser.

— Et pourtant tu m'as épousée, parvint-elle à prononcer, ce qu'elle entendait en complète contradiction avec les délicieuses sensations que Rocco suscitait en elle.

— Tu portes mon enfant, quel choix avions-nous ?

Tout en parlant, il glissait la main dans son décolleté et son regard était un défi à toute forme de protestation. Charlotte ne savait plus où elle en était. Le danger était si proche, et le soulagement du désir aussi mais le pragmatisme des déclarations de Rocco la torturait.

— Il sera un jour prince ou princesse, lui rappela-t-elle, il aura des devoirs aussi.

Quand Rocco fit jaillir un sein de son corsage et en attrapa la pointe de la bouche, Charlotte se cambra sans pouvoir refréner un cri de plaisir. Toute pensée l'abandonna soudain.

— À cela, on ne peut rien, répondit Rocco.

Les mots qu'elle entendait n'avaient plus de sens pour elle. Son esprit se perdait dans le flot de sensations qu'il lui infligeait, la conduisant au bord de l'extase. Elle bougea pour se rapprocher de lui mais comment faire alors qu'elle était retenue par la ceinture de sécurité, gênée par sa robe de mariée ? Toutes ces nuits sans sommeil depuis son retour à Hemmenway, toutes les frustrations accumulées explosèrent en un brasier.

— Rocco...

Les mots n'arrivaient pas à rendre l'intensité de ce qu'elle ressentait. La main de Rocco se glissa sous les jupons de sa robe et quand il atteignit la peau de sa cuisse, elle tressaillit.

— Ce dont tu as besoin, c'est que je te fasse l'amour, répondit-il d'une voix rauque. Mais je vais te faire patienter encore un peu.

— Pourquoi ? s'écria Charlotte, désorientée.

Les doigts de Rocco s'aventurèrent encore plus haut.

— Bien des choses passent avant, princesse...

En un démenti à ses paroles, ses doigts trouvèrent le cœur palpitant de son sexe et elle poussa un cri involontaire.

La bouche de Rocco reprit son mamelon et il y enroula sa langue alors qu'elle se cambrait contre lui. Il émit un son rauque – un rire ? – mais fit ce qu'elle attendait désespérément et glissa un doigt dans son intimité.

— Tu vas me supplier, *cara*, reprit-il. Tu vas me désirer plus que tu n'aurais imaginé pouvoir désirer. Je vais te rendre folle. C'est cela, le désir. Tu vas l'apprendre.

— J'apprends vite, souffla-t-elle.

Il arrêta le mouvement de son doigt en elle et elle oscilla des hanches en une requête muette pour qu'il continue.

— J'espère bien que non. C'est un long voyage auquel je te convie…

La voiture s'arrêta soudain, arrachant Charlotte au nuage de sensualité sur lequel elle flottait. Le conducteur pouvait apparaître à tout instant ! Rocco, rapide et efficace, s'écarta, lissa sa robe et redressa son bustier. Seule la rougeur de ses joues dénotait son trouble.

Un long voyage… Sa promesse résonnait en elle et ce fut les jambes tremblantes qu'elle sortit de la voiture. Sur le tarmac de l'aéroport les attendait un avion rutilant.

Mais ce n'était pas le jet officiel de la famille royale, comprit Charlotte en voyant le monogramme RS qui ornait le flanc de la carlingue : il s'agissait de son avion privé…

Rocco l'enlaça pour l'y conduire alors que le chauffeur suivait avec leurs bagages. Obsédée par l'organisation du mariage, Charlotte n'avait pas accordé une seconde d'attention à leur lune de miel. L'idée de se retrouver seule avec Rocco la remplit d'excitation mais ce ne fut rien à côté du sentiment qui s'empara d'elle quand il lui murmura :

— Leçon numéro 1, Charlotte : tu vas voir ce que c'est que de perdre la tête à mille mètres d'altitude…

La minute qu'il leur fallut pour monter dans l'avion parut à Charlotte interminable.

7

Le jet de Rocco était bien plus luxueux que celui de la famille royale. Celui-ci se devait d'être confortable mais pas ostentatoire afin que les sujets n'aient pas une mauvaise impression de leurs souverains. Rocco, par contre, ne s'était interdit aucun luxe à bord de son jet.

On y trouvait d'abord deux énormes fauteuils, un de chaque côté de la travée centrale, qui pouvaient pivoter pour permettre la conversation. Il y avait ensuite une pièce équipée d'un sofa et d'un large écran, puis une autre destinée aux réunions d'affaires. On découvrait enfin deux cabines dont l'équipement ne le cédait en rien au plus rutilant des hôtels cinq étoiles. Charlotte rougit en découvrant le lit.

— Viens t'asseoir pour le décollage.

Elle s'installa dans l'un des magnifiques fauteuils et lissa sa robe de mariée. Son geste fit naître un sourire moqueur sur les lèvres de Rocco.

— Inutile, je vais la froisser dès que nous serons en l'air.

Il était si direct, si sensuel que le pouls de Charlotte en devenait erratique. Rocco s'assit et fit pivoter le fauteuil mais, même face à face, ils étaient trop éloignés pour se toucher. C'était en soi une forme de torture, songea Charlotte. À moins que ce ne soit du plaisir ?

— Tu dois avoir des fantasmes, non ? Tout le monde en a, ajouta-t-il en la voyant écarquiller les yeux.

Comme si elle allait lui révéler ce qui la tenait éveillée la nuit ! Parler de sexe lui semblait mal. Bien sûr, c'était son côté prude, qu'elle haïssait quand elle était avec Rocco.

— Pas vraiment...

Son rire était une taquinerie, une moquerie, peut-être ?

— Je n'ai pas ton expérience, lança-t-elle, vexée, mais ce n'est pas une raison pour me manquer de respect.

— Ce n'était pas mon intention, je t'assure.

Les moteurs de l'avion se mirent à vrombir, ébranlant la carlingue. Charlotte s'accrocha aux bras du fauteuil alors que l'avion roulait sur la piste.

— Regarde-moi, dit-il d'une voix basse qui la fit frémir. Dis-moi ce que tu veux.

— Je ne sais pas, murmura-t-elle. Je ne suis pas comme toi, je n'ai pas l'habitude... Tout ce que je sais c'est que lorsque tu me touches, j'ai l'impression de me consumer. Et j'aime cela.

Rocco baissa rapidement les paupières pour cacher l'éclair de triomphe qui illuminait son regard.

— C'est un bon début.

L'avion avait pris de la vitesse et soudain il s'éleva, virant rapidement sur l'aile. Charlotte n'avait pas peur de l'avion, mais plutôt des sensations qui se bousculaient en elle, impétueuses, comme si toute sa vie se résumait à devenir pleinement la femme de Rocco.

— Parle-moi de tes fantasmes à toi, dit-elle, provocante.

— J'en ai un juste en face de moi.

— Tu triches ! s'insurgea Charlotte, sourcils froncés. J'aurais pu dire la même chose !

— C'est vrai ?

En la voyant hocher la tête, Rocco laissa un sourire de satisfaction sensuelle s'épanouir sur son visage.

— Alors, reprit-il, si je ne peux te faire parler de tes fantasmes, raconte-moi ta vie au palais...

— Que veux-tu savoir ?

Parler était à la fois une bénédiction pour les nerfs à vif de Charlotte, et une malédiction si elle se rappelait la promesse de Rocco...

— Tu as étudié en Angleterre, c'est bien cela ?

— Comment le sais-tu ?

— Ton frère l'a mentionné.

— Tu as parlé à Nicholas ?

— Brièvement. Il pensait qu'avec mes compétences, j'aimerais présider le comité des finances du palais. Je lui ai dit que je serais heureux de les conseiller.

Charlotte n'en revenait pas. La jalousie pointait en elle, qu'on avait toujours cantonnée à des rôles de représentation.

— Et donc, reprenait-il, tu es partie en pension à onze ans ?

— Oui, je suis allée à Halforth.

— C'est une école mixte. Tu n'y as pas trouvé de garçon à ton goût ?

— Pas vraiment, dit-elle en croisant et décroisant les doigts, embarrassée des chagrins qui, à l'époque, lui avaient paru insurmontables.

— À Dieu ne plaise...

— Et toi, Monsieur le Cynique, rétorqua-t-elle, piquée par son ironie, tu donnes l'impression que ma virginité était un crime contre l'humanité. À quel âge as-tu perdu la tienne ?

Il la regarda pensivement pendant un instant et elle crut qu'il ne répondrait pas.

— Seize ans.

Il avait plus que de l'avance sur elle, songea-t-elle en écarquillant les yeux.

— Et... qui était-ce ?

Les yeux de Rocco la sondèrent mais il ne répondit pas.

— Le chat a avalé ta langue ? insista Charlotte, sa curiosité aiguillonnée. Nous sommes mariés, nous ne devrions pas avoir de secrets l'un pour l'autre...

— Il y a certaines choses que je préfère ne pas évoquer. Et je ne vois pas pourquoi il faudrait tout se dire.

— Fais-moi plaisir...

Il haussa les épaules en un geste de nonchalance feinte.

— C'était la mère d'un de mes camarades de classe.

— Quel âge avait-elle donc ? demanda Charlotte, choquée.

Rocco serra le poing, seul signe de son agacement.

— Celui où l'on sait quelles barrières ne pas franchir. Elle était à la fin de la trentaine.

— Et toi tu n'étais qu'un enfant ! s'exclama Charlotte.

— Je savais très bien ce que je faisais.

— Mais tu n'étais pas encore adulte !

— Je sais, et je regrette ce que j'ai fait ce jour-là. Mais j'étais en colère et elle était là.

Le cœur de Charlotte battait à tout rompre.

— C'est un peu immoral, non ?

— C'était du sexe facile et j'étais un adolescent normal, avec des pulsions...

— Je voulais dire de sa part à elle, rectifia Charlotte. Tu aurais dû la dénoncer.

— Mais c'est moi qui l'ai séduite, *cara*. C'est ma faute.

— Elle aurait dû refuser. Pourquoi l'as-tu séduite ?

Rocco se détourna sans répondre et Charlotte fut certaine qu'il y avait plus là-dessous qu'une histoire d'hormones.

— Tu te croyais amoureux ? reprit-elle.

— Amoureux ? J'étais aussi peu intéressé par l'amour que je le suis aujourd'hui. Pour moi, elle était le moyen d'une fin.

— Tu voulais perdre ta virginité ?

Il lui lança un regard en biais, visiblement sans regret.

— À travers elle, je pouvais blesser son fils, jeune arrogant insupportable. À l'époque, la raison m'avait paru suffisante.

— Pour la séduire, et faire d'une pierre deux coups ?

— Cela te met en colère...

— Non, je suis...

— Dégoûtée ?

— Utiliser quelqu'un pour se venger, ce n'est pas très glorieux...

Les yeux de Rocco affichèrent une émotion qu'elle ne décrypta pas. Son visage s'était crispé.

— C'est juste. Je ne ferais pas ce choix aujourd'hui.

— Mais tu n'avais que seize ans, reprit-elle, s'adoucissant au souvenir de son âge encore tendre. Et la colère t'aveuglait. Quelle en était la cause ?

— Rien d'important. Je m'en souviens à peine. À l'époque, cela me semblait grave.

Charlotte était certaine qu'il mentait. Même tout jeune, Rocco Santinova devait avoir de fermes principes moraux. Et s'il avait été assez furieux pour agir ainsi, cela révélait que les raisons de sa colère étaient profondes. Cependant, elle hésita à le pousser dans ses retranchements : elle-même ne lui avait pas révélé grand-chose de sa vie...

— J'ai fantasmé sur un garçon, une fois, avoua-t-elle doucement.

— Et... ?

Elle avait regretté sa franchise à peine les mots prononcés. Jamais elle n'avait parlé de son adolescence...

— C'était une rencontre en ligne, poursuivit-elle néanmoins. J'avais quinze ans et à la pension, je n'étais pas heureuse. Je n'avais pas d'amis, et crois-le ou pas, le palais me manquait. Ce n'est pas que nous soyons proches avec ma famille mais au moins, au palais, on me laissait tranquille. Je pouvais passer mes journées à lire sans que personne ne s'en soucie. À l'école... Eh bien, je faisais tache. J'étais gauche, timide. Alors que toutes les filles avaient de la poitrine, je restais désespérément plate, et je ne m'intéressais pas aux garçons. On se moquait de moi...

Rocco l'écoutait en silence, les yeux fixés sur elle.

— J'ai commencé à aller sur Internet, de plus en plus, me

perdant dans des jeux, des discussions. J'intervenais sous un pseudonyme car on m'avait appris depuis toute petite à être prudente, alors je me croyais à l'abri.

— Mais... ?

— Mais ils savaient qui j'étais, murmura-t-elle, la gorge serrée au souvenir de ce qui s'était produit presque dix ans plus tôt. Je ne bavardais pas avec un jeune homme, comme je le pensais, mais avec une équipe d'imposteurs.

— Tu t'es fait piéger.

Charlotte fut bien obligée d'acquiescer.

— Le dialogue a duré longtemps, je croyais sincèrement compter pour lui et donc, quand il m'a demandé de...

Elle s'interrompit, fébrile, le temps d'avaler une gorgée d'eau pour se calmer, puis elle reprit :

— Quand il m'a demandé de lui envoyer une photo de moi seins nus, je l'ai fait... Je lui faisais confiance. La photo a immédiatement été envoyée à mon père, assortie d'une demande de rançon d'un million de dollars, ou bien...

—... Ils la postaient sur les réseaux, acheva-t-il. J'imagine sa réaction.

— Il était furieux contre moi.

— Tu étais la victime, gronda Rocco en serrant les poings.

— Personne n'a vu les choses ainsi...

Il jura doucement.

— Ton père a payé ?

— Non, dit-elle en baissant les yeux. Interpol est intervenu car cela relevait de la pédopornographie et les coupables ont vite été démasqués. Cela aurait pu se finir bien plus mal.

— Les salopards !

— Oui. Mais j'ai eu de la chance et cela m'a appris à ne jamais faire confiance. À personne.

— Donc tu t'es refermée sur toi-même, évitant toute relation car tu craignais la duplicité d'un partenaire.

— C'est cela. Mais cette nuit-là, ajouta-t-elle en levant les yeux vers Rocco, quand je t'ai rencontré, tout m'a semblé différent. Je n'étais plus la princesse mais une simple jeune femme. Comme si j'avais appuyé sur « pause », mis de côté mes responsabilités, mes doutes et mes inquiétudes, pour m'accorder quelques heures de vraie liberté. Quand j'ai couché avec toi, je ne pensais pas aux conséquences, je n'attendais rien de plus que cette nuit, partagée avec toi. C'était vraiment libérateur.

— Et ironiquement, tu te retrouves coincée dans ce mariage.

Charlotte faillit le contredire : ce n'était pas du tout comme cela qu'elle le vivait et au fond, leur union la rendait plus libre qu'elle ne l'avait jamais été. Mais lui ressentait les choses autrement alors à quoi bon ? Elle ne le convaincrait pas.

— Je crois que nous sommes tous les deux coincés, marmonna-t-elle au bout d'un moment, baissant les yeux pour qu'il ne puisse y lire la blessure.

— Malgré tout, il y a dans tout cela quelques aspects agréables, concéda-t-il en débouclant sa ceinture, la fixant si intensément que le souffle de Charlotte se fit rauque.

Alors qu'il lui tendait la main, elle l'accepta. Rien n'avait changé mais pourtant elle se sentait différente et quand il l'embrassa, son cœur se fit aussi léger qu'une bulle de champagne. Elle s'abandonna entièrement à lui, sourde au battement qui tambourinait à ses tempes comme l'augure d'un danger.

Le vol ne mit pas longtemps à atteindre le nord de l'Italie et le trajet sembla bien court à Charlotte qui tremblait du plaisir qu'il lui avait donné, encore et encore juste avec sa bouche... Les nerfs de Rocco étaient tendus à se rompre et son excitation douloureuse tant il avait besoin de se perdre en elle. Mais il s'était promis de prendre son temps. S'il avait su qu'elle était vierge, et qu'elle ait réussi à le convaincre d'être son premier amant, il aurait fait durer le plaisir des journées entières, la rendant folle de désir...

Lorsqu'ils eurent quitté la chambre – Charlotte redevenue princesse, les cheveux sagement attachés sur la nuque et la mise impeccable – la porte du cockpit s'ouvrit sur le pilote, un ancien de l'US Air Force.

— La voiture vous attend, monsieur, et le chalet est prêt.

— Parfait, Ashton, merci.

— Le chalet ? s'enquit Charlotte avec curiosité.

Rien ne trahissait leur étreinte et Rocco eut envie de froisser à nouveau sa robe. La force même de la tentation lui imposa de garder ses distances.

— Où nous passerons notre lune de miel, dans la vallée de l'Aoste, expliqua-t-il, prenant bien garde à cacher l'importance que cette région revêtait pour lui. J'y possède une propriété.

Inutile qu'elle sache pourquoi il l'avait acquise, ni le besoin de revanche qui avait modelé sa vie.

— Tu es originaire de la région ?

L'avion s'était posé et sans répondre, il plaça la main au creux des reins de Charlotte pour la guider vers la sortie.

— Où sont mes gardes du corps ? demanda-t-elle.

— Ne t'inquiète de rien, j'ai pris mes dispositions.

La famille royale avait tergiversé avant d'accepter qu'il gère la sécurité de la princesse et la raison qui les rendait si pointilleux mettait à vif les nerfs de Rocco : c'était son ventre qu'ils protégeaient, pas elle. Il n'y avait que Nicholas qui parlait d'elle comme d'un être humain, doué de désirs et de sentiments.

— Vraiment ? Je ne peux croire qu'ils t'aient laissé faire...

— Je peux être très persuasif. Et j'ai donné ma parole.

Elle hocha la tête mais son regard avait affiché une expression blessée, une tristesse que Rocco ne s'expliquait pas. Avait-il fait ou dit quelque chose de mal ? Mais déjà elle descendait la rampe pour rejoindre le tarmac, très digne et sûre d'elle-même. Charlotte était pour lui un mystère, plus qu'aucune femme qu'il ait jamais croisée. À peine croyait-il commencer à la comprendre qu'elle se transformait en une tout autre personne, ou se refermait comme une huître… La seule chose certaine pour lui, c'était qu'elle méritait mille fois mieux que la vie qu'on lui proposait.

Il n'avait rien d'un chevalier blanc mais cette rencontre lui donnait une opportunité dont il avait, sans l'avoir su, terriblement besoin : celle d'aider Charlotte. Il pouvait la rendre heureuse, et ce faisant, s'assurer que leur enfant ne ressente jamais ce que lui avait souffert quand la vie avait maltraité sa mère.

Sur le tarmac les attendait un 4x4 aux vitres teintées. Rocco lui ouvrit la portière côté passager et prit le volant.

— C'est toi qui conduis, pas de chauffeur, cette fois ?

— Non, pas cette fois.

Il saisit au vol le léger rosissement de ses joues et sourit. Elle préférait donc qu'il y ait un chauffeur, ce qui les laissait libres à l'arrière…

— Le chalet n'est pas loin, reprit-il. Sois patiente, princesse. La nuit est encore longue…

8

Rien chez Rocco Santinova n'était prévisible. Depuis qu'elle l'avait rencontré, il défiait ses attentes, et le chalet fut pour elle une surprise. Il était rustique, plein de charme, sans rien de l'élégance citadine de son appartement new-yorkais.

C'était un vrai petit havre de paix, confortable, accueillant. Un canapé bas faisait face à une large cheminée. La baie vitrée, le matin, offrait sans nul doute une vue magnifique. Tout ce qu'elle distinguait à cette heure, c'était la lune laiteuse dans un ciel d'encre sur lequel se découpait la silhouette des sapins. Les étoiles scintillaient comme des diamants dans ce cadre idyllique, il était facile de troquer ses soucis contre le simple plaisir d'exister, petite poussière au sein d'un univers infini.

Mais il suffit à Rocco de parler pour la ramener au présent – leur nuit de noces – et en dépit de la façon dont ils avaient occupé le trajet, le désir explosa en elle, exigeant satisfaction.

— Je vais te faire visiter.

Sa voix était presque bourrue et il y avait eu comme une hésitation de sa part. Appréhendait-il quelque chose ? Cela n'avait aucun sens, de la part de Rocco. Même si elle ne le connaissait pas très bien, elle savait que rien ne le déstabilisait. Il avait le monde à ses pieds et il était heureux d'y faire sa loi. Mais à bien y réfléchir, que savait-elle vraiment de lui ? Peu de choses, et pourtant, elle l'avait épousé, c'était le père de leur enfant... Brutalement, elle eut le vertige.

— Volontiers. C'est un bel endroit…

— Attends de l'avoir vu en plein jour, le paysage te ravira.

Du salon, Rocco l'emmena à la cuisine, toute en bois et cuivre, avec îlot central et cuisinière au feu de bois.

— On s'y sent comme chez soi, commenta Charlotte. Tu viens souvent au chalet ?

— Chaque fois que cela m'est possible.

Charlotte fronça les sourcils : la liberté de mouvement à laquelle il était habitué allait être restreinte par les obligations royales. En était-il bien conscient ? Mais ce n'était sans doute pas le moment d'attirer son attention sur les aspects déplaisants de sa vie conjugale…

— Je peux le comprendre…

— Est-ce que tu veux manger quelque chose, *cara* ?

Elle secoua la tête.

— Si tu as envie de quoi que ce soit, sers-toi, reprit-il, la cuisine a été approvisionnée par mon intendante. Et tu veux quelque chose que les princesses ne savent pas préparer, je le ferai pour toi…

Elle grimaça : il n'avait pas tort, elle allait rarement en cuisine, et n'avait pratiquement jamais tenu une casserole…

— Oh ! je peux me débrouiller, répondit-elle d'un ton léger, j'ai vu comment faire à la télé.

— Dans ce cas, tu as les compétences d'un chef, répliqua Rocco avec un sourire ironique et sensuel qui fit palpiter le cœur de Charlotte. La suite de la visite est par là.

À l'arrière de la cuisine, un couloir donnait sur l'extérieur par une porte vitrée en demi-lune.

— C'est ici que l'on met les anoraks, les bottes et les skis.

— On skie, ici ? demanda-t-elle, ravie à cette idée.

Elle excellait à ce sport, qui, pendant son adolescence, était son échappatoire aux rigueurs de sa vie. Dévaler les pentes les plus dangereuses, comme en chute libre, était à la fois excitant et étrangement rassurant pour elle.

— Nous sommes tout au nord de l'Italie, la neige est parfaite, répondit Rocco en lui prenant la main.

Elle ne put dissimuler le choc presque électrique que lui donnait le contact de sa main et elle le vit sourire.

Ils empruntèrent l'escalier de bois brut. Le large palier était éclairé par un vaste puits de lumière mais la neige le recouvrait à cette heure. Charlotte sourit en imaginant comme le paysage immaculé serait beau au matin.

L'étage était… plus intime. La chambre, avec salle de bains attenante, possédait un large lit à baldaquin. À côté, on trouvait un petit salon meublé d'un bureau de pin bien ciré et d'un fauteuil où s'empilait une montagne de coussins.

— On se croirait dans un livre d'images, remarqua-t-elle d'une voix un peu tremblante alors qu'elle contemplait le lit couvert d'un édredon de plumes, et qui serait le cadre de leurs nuits. Je ne t'imaginais pas dans un lieu pareil.

— Et qu'imaginais-tu alors ?

— Quelque chose d'ultra-masculin, de moderne, un peu comme ton appartement new-yorkais… Mais cela te va bien, se hâta-t-elle d'ajouter devant le sourcil levé de Rocco.

Elle ne révéla pas le fond de sa pensée : la présence de Rocco suffisait à rendre viril n'importe quel endroit…

— Quand as-tu acheté ce chalet ?

L'expression de Rocco se durcit brièvement.

— Il y a quelques années.

La réponse était évasive, comme s'il était sur ses gardes.

— C'est de cette région que tu es originaire ?

Les yeux de Rocco plongèrent dans les siens, sombres et intenses. Il s'approcha.

— Tu ne taris pas de questions, ce soir… Tu es sûre que bavarder est ce qu'il y a de mieux à faire ?

Il bottait en touche, encore une fois… Mais il était si près d'elle, et sa question touchait un point si sensible que Charlotte frémit. Bien sûr, elle voulait apprendre à connaître son époux, mais le besoin qu'elle avait de lui était tellement impérieux… Elle se rendait bien compte qu'il utilisait son désir pour éviter de lui répondre mais elle brûlait trop pour lui en vouloir. Cette nuit serait la première qu'ils passeraient en tant que mari et femme, et pour cela, Rocco avait choisi ce lieu incroyable qui semblait compter vraiment pour lui.

Elle posa la main sur la poitrine de Rocco, sentit son cœur battre à l'unisson du sien. Il fallait qu'elle lui dise sa reconnaissance : leur mariage n'était que de convenance et pourtant, il trouvait moyen de lui donner du sens.

— Merci de m'avoir amenée ici. J'aime vraiment ce lieu.

— Tu l'aimeras encore plus au grand jour. C'est mille fois plus beau qu'à New York.

Il la dévorait des yeux… Toutes les pensées de Charlotte s'évanouirent quand il l'embrassa, et elle se livra entièrement à lui. Ce soir, ils n'étaient ni prince ni princesse, juste un homme et une femme. Et c'était merveilleux.

Il avait promis que la vue serait belle mais elle en eut le souffle coupé.

— Je me réveille dans un décor de rêve, murmura-t-elle en repoussant ses cheveux blonds en désordre pour voir les pentes enneigées, couvertes de sapins.

— Il y a mieux à regarder, à mon avis, répliqua Rocco, les yeux fixés sur le corps de Charlotte vêtu d'un simple négligé.

Le rouge lui monta au visage alors qu'elle se rappelait leur nuit. Il l'avait conduite au bord du gouffre puis s'était retiré, la poussant à le supplier de la faire sienne. C'était un tourment délicieux que cet étirement à l'infini du plaisir. Quand il était finalement entré en elle d'un fort coup de reins, elle avait basculé presque tout de suite tant la plénitude de le sentir enfin en elle était parfaite. Le contrôle de Rocco sur lui-même était tel qu'il avait attendu qu'elle reprenne pied pour la conduire à nouveau vers la jouissance, explosant avec elle dans un cri... Avant de plonger dans un sommeil divin.

Aux petites heures du matin ils avaient de nouveau fait l'amour, cette fois de façon plus passionnée encore. Il l'avait prise comme si sa vie en dépendait. En cet instant, la sienne en dépendait aussi. Chaque respiration n'avait pour but que l'assouvissement de leur désir. Elle n'existait que pour le pur plaisir d'être avec lui et le savoir la réchauffait, nourrissant en elle une braise qui ne s'éteindrait pas.

Après vingt-quatre ans d'obéissance aux diktats qui constituaient son quotidien, il y avait un charme délicieux à vivre cette relation passionnée, le charme de l'interdit. Personne de sa famille ni du palais n'avait eu son mot à dire au sujet de son mariage. Elle seule en était responsable. Elle... et le bébé.

Charlotte était heureuse et excitée à l'idée d'avoir ce bébé. Elle comptait les jours qui la séparaient de l'accouchement. Mais parfois elle souhaitait, de toute son âme, que Rocco et elle aient eu la chance d'être simplement un couple. Ce qui ne serait pas arrivé, songeait-elle alors. Car s'il avait eu le choix, Rocco ne l'aurait pas épousée... Il ne souhaite nullement une relation durable, il ne recherchait pas l'amour. Pour lui, tout ceci n'était que du sexe. Et pour elle...

Elle sortit précipitamment du lit, comme pour fuir ses pensées, mais son estomac se retourna sous une vague de nausée. Elle ferma un instant les yeux le temps que la sensation passe, mais celle-ci n'avait pas échappé à Rocco.

— *Cara* ? Tu te sens mal ?

— Ce n'est rien, juste une nausée, le docteur m'a prévenue que cela arriverait.

Si le sourire de Charlotte était tremblant, ce n'était pas tant à cause de son état qu'à cause de leur mariage, qui se révélait une arme à double tranchant...

— Tu es sûre que ça va ? s'enquit Rocco, sourcils froncés. Il faut que tu me dises si je te fatigue... La nuit dernière...

Elle entendit la culpabilité sans sa voix.

— La nuit dernière a été merveilleuse, acheva Charlotte, se hâtant de le rassurer. Si je suis fatiguée dans la journée, je me reposerai. Mais je préfère être fatiguée plutôt que...

Elle laissa la fin de la phrase se perdre, presque honteuse de ce qu'elle avait failli avouer.

Rocco se pencha pour embrasser la peau derrière son oreille et lui murmura :

— Plutôt que de ne pas être avec moi, c'est cela ?

Il n'était que trop conscient du pouvoir qu'il avait sur elle.

La réponse de Charlotte fut un bruit de gorge inarticulé et Rocco se mit à rire doucement, avant de la soulever dans ses bras comme si elle ne pesait pas plus qu'une plume.

— Que fais-tu ? demanda-t-elle d'une voix rauque.

— Allons nous doucher.

9

— C'est une vraie féerie de Noël ! dit-elle en souriant, la main tendue comme une enfant pour attraper les flocons qui voltigeaient. Tout est si beau ici !

— Oui ...

— Tu n'en es pas persuadé ? s'étonna Charlotte, se tournant vers lui, le cœur étrangement serré.

Depuis le matin, elle vivait dans un rêve dont elle savait qu'elle devait sortir bientôt, mais c'était si bon ! Loin du monde, dans ce chalet niché au fond des Alpes, avec cet homme beau comme un dieu, il était si facile d'oublier ce qui l'attendait une fois de retour à Hemmenway.

— C'est juste de la neige... Des arbres...

— De magnifiques sapins couverts d'un manteau blanc ! On croirait de gigantesques sapins de Noël... Cela me donne presque envie d'aller en couper un petit pour le décorer, soupira-t-elle. Tu sais que je ne l'ai jamais fait ?

— Jamais ?

Un sourire mélancolique effleura les lèvres de Charlotte.

— Le palais est décoré tous les 12 décembre et du jour au lendemain, Noël est là, ce que j'adore, bien sûr... Toutes ces couronnes de rubans, ces ornements en verre filé, tous ces petits personnages de bois sculptés, c'est ravissant...

— Mais c'est presque trop parfait, c'est cela ?

— Oui, souffla-t-elle, et rien n'est fait de nos mains. Aucune valeur sentimentale ne s'y attache.

Elle plissa le nez et reprit :

— Je suis bien consciente que cela peut paraître absurde...

— L'argent ne suffit pas toujours à faire le bonheur, répondit doucement Rocco, passant le bras autour d'elle pour la guider sur le chemin enneigé.

Ils avaient skié mais eu égard à sa condition, Rocco ne l'avait menée que sur des pistes faciles alors qu'elle aurait rêvé de dévaler des pistes noires. Le souci qu'il avait d'elle était touchant... Enfin, c'était ce qu'elle avait ressenti avant de se dire que, tout comme ses parents et son frère, c'était au bébé qu'il pensait avant tout.

Ils parvinrent à une ancienne ferme convertie en restaurant et quand ils entrèrent, quelques discrets regards se tournèrent vers eux. Mais personne ne les approcha, et c'était pour Charlotte un changement bienvenu. Le cœur léger, elle suivit le maître d'hôtel qui les conduisit vers une table à l'écart, avec une vue imprenable sur le paysage. Seul le murmure distant des conversations rappelait le lieu où ils se trouvaient.

— C'est très étrange...

— D'être marié ? s'enquit-il avec un sourire séducteur.

— Oui, ça aussi...

Ce n'était pas seulement étrange mais terrifiant !

— Je voulais dire, reprit-elle, que c'est étrange d'être ici sans garde rapprochée. C'est une première pour moi... Le capitaine Muller a dû avoir du mal à l'accepter !

— Le croquemitaine chargé de ta sécurité ? répliqua Rocco, suscitant un large sourire chez Charlotte. Nous avons eu ce qu'on appelle de franches discussions... pour aboutir à un compromis.

— Je ne savais pas qu'il connaissait le mot !

— Je l'ai convaincu que ta sécurité était ma priorité. Tu portes mon enfant, et je ferai tout pour te protéger.

Le plaisir qu'elle avait ressenti à ses premières paroles se figea et soudain, elle eut froid.

— Mine de rien, le chalet est une forteresse, reprenait Rocco. Surveillance digitale, capteurs thermiques...

— Je ne te vois pas être la cible d'une quelconque attaque, vu la façon dont tu es bâti... Tu dois pouvoir te défendre.

— C'est plutôt pour protéger mon intimité. J'ai entreposé au chalet des choses... personnelles.

— Comme quoi ?

— Comme ce que l'on n'a pas envie que d'autres voient.

Pas plus elle que quiconque, réalisa Charlotte, blessée par la distance que ses mots installaient entre eux.

— N'empêche, je ne vois pas Muller céder...

— Le compromis s'est établi sur six gardes du corps postés ici, au village. Je leur envoie un texto chaque fois que nous sortons du chalet et ils te surveillent à distance.

— Ils *nous* surveillent, corrigea-t-elle. Tu es désormais un membre de la famille royale, ne l'oublie pas.

— Je ne pense pas être le principal objet de leur souci.

— Détrompe-toi. Tu fais partie de la famille et tu es leur priorité. Il va falloir t'y habituer quand tu voyageras.

Il se pencha vers elle.

— Personne ne sera jamais sur mes talons. Je me moque de la sécurité à la mode d'Hemmenway. Et, non, ce n'est pas négociable, ajouta-t-il, posant un doigt sur ses lèvres pour étouffer la protestation qu'il sentait naître.

Elle fronça les sourcils. Il ne serait pas facile de faire changer d'avis Rocco Santinova, l'homme le plus déterminé de la terre... Le doigt pressé sur ses lèvres se mit à les caresser doucement et Charlotte se sentit fondre.

— Et toi, qu'en est-il de tes Noëls d'enfance ?

Il se pencha pour effleurer ses lèvres – était-ce une tactique pour ne pas répondre ? – et Charlotte sentit à nouveau sa raison sombrer. Mais elle se reprit pour insister :

— À quoi ressemblaient-ils ?

— Pas aux tiens, en tout cas… Tout était très simple et…

Il laissa sa phrase en suspens et Charlotte crut qu'il allait s'en tenir là mais, avec un soupir, il poursuivit :

— Nous n'avions qu'à peine de quoi vivre. Ma mère faisait son possible pour me le cacher, elle décorait la maison de son mieux et m'achetait toujours un beau cadeau, celui que je voulais le plus. Souvent le plus cher… En grandissant, je me suis aperçu qu'elle se privait de tout pendant des mois pour ce cadeau et je me suis limité dans mes demandes.

La poitrine de Charlotte s'était serrée.

— Ta mère devait être une femme extraordinaire. Et ton père ?

— Il ne nous a jamais aidés, pas plus à ma naissance qu'à la mort de ma mère, quand j'avais dix-neuf ans.

— Mais comment… N'avait-il pas de quoi… ?

— Mon père était un riche sénateur, expliqua Rocco d'une voix tranchante. Mais nous aider, ç'aurait été reconnaître mon existence…

— Et il s'y refusait ? Comme c'est cruel !

— Il était marié, c'était un homme politique en vue… Son parti défendait des valeurs traditionnelles et son image faisait partie de son succès. Ma venue compromettait sa carrière.

— Alors il aurait dû éviter d'avoir une maîtresse ! Ou au moins prendre ses précautions.

— Les accidents arrivent, dit Rocco en la fixant.

— Mais nous, c'était différent ! s'insurgea Charlotte. Nous ne trompions personne !

— C'est vrai, admit-il. Et je n'avais pas deux fois ton âge…

— Ta pauvre mère ! soupira Charlotte.

— Elle l'adorait… Même à la fin de sa vie, elle me demandait encore de lui pardonner… « Si seulement il te connaissait, il serait si fier de toi »… Elle voulait que j'aille le voir. Après sa mort, je l'ai fait.

— Et ?

— Sans surprise, il était terrifié à l'idée que je gâche sa vie.

Charlotte faillit jurer d'indignation.

— Comment n'était-il pas fier de t'avoir pour fils ? Comment pouvait-il te faire une chose pareille ?

— Me faire quoi, *cara* ? s'enquit doucement Rocco.

— Te rejeter, te faire sentir que tu étais en trop.

— Comme beaucoup, il n'était guidé que par son seul intérêt. Mais je t'assure que je n'en ai pas souffert.

— Être négligé marque une personnalité, souffla-t-elle.

— Tu parles en connaissance de cause…

Charlotte laissa son regard s'égarer sur le paysage enneigé. Toute sa vie elle avait tu cette peine-là.

— Tu connais ma famille, tu sais que pour eux, je ne suis importante que dans la mesure où je peux produire un héritier. Ce que j'aime, qui je suis, rien de tout cela n'intéresse mes parents.

Pas plus que cela n'intéressait son mari…

— Tu as l'impression de ne pas compter.

— Je ne compte pas en tant que personne.

Ni pour eux, ni pour lui… Charlotte fut heureuse qu'il n'ait pas offert de consolation facile, elle ne l'aurait pas supporté.

— Nicholas aurait pu se marier et adopter…

— Son enfant n'aurait pas été considéré comme héritier. Et il a toujours refusé qu'on se mêle de sa vie personnelle.

— Il pouvait se le permettre, mais pas toi, commenta Rocco, une étincelle de colère dans les yeux. Je suis allé en classe avec des gens comme ton frère. J'ai détesté cela. Cette richesse insolente, ce pouvoir infondé…

— Pourtant aujourd'hui, te voilà milliardaire et qui plus est, prince en titre, commenta Charlotte, mi-figue, mi-raisin.

— L'ironie de la situation ne m'échappe pas.

Ils marquèrent une pause à l'arrivée du serveur et passèrent commande, Charlotte prenant la même chose que Rocco car elle n'avait pas même jeté un coup d'œil au menu. Puis elle le regarda intensément alors qu'il reprenait :

— Ma mère devait se sacrifier chaque jour et j'étais entouré de gens qui affichaient une fortune obscène et n'en appréciaient rien. Cela me rendait fou !

Charlotte baissa les yeux. Pour lui, elle devait faire partie de ces privilégiés inconscients de leur chance...

— La richesse est une bénédiction qui s'accompagne parfois de grands maux, murmura-t-elle. La pression, le devoir...

— Oui, acquiesça-t-il, je le comprends à présent.

Elle ne s'attendait pas à ce qu'il lui concède si facilement la victoire sur ce point. Le fait qu'il la comprenne lui mit les larmes aux yeux.

— Mais à l'époque, continuait Rocco, je ne voyais que l'aspect insupportable de telles richesses. Pour mes camarades de classe, prendre un avion en première plutôt que leur jet privé était intolérable. Ils comparaient les tailles des îles qu'achetaient leurs familles, ou de leurs yachts...

— Et cela t'était totalement étranger. Comment as-tu pu te trouver dans pareille école ? Pas par l'entremise de ton père...

— *Cristo, no* !

Il hésita et Charlotte retint son souffle, parce qu'elle souhaitait désespérément en apprendre plus sur lui. Si, seulement il pouvait accepter de s'ouvrir un peu...

— Ma mère travaillait comme femme de ménage dans cette école, reprit-il enfin, comme si on lui arrachait les mots de la gorge. Elle a su qu'il y existait une bourse pour la scolarité, accessible sur concours. Elle m'a demandé de le passer.

— Et tu l'as eu...

— Oui, et de ce fait on m'a accordé une scolarité gratuite.

— Eh bien ! commenta Charlotte, admirative. La compétition devait pourtant être féroce...

— Sans doute.

Il semblait presque dubitatif. Rocco ne faisait pas preuve de fausse modestie, songea Charlotte, simplement, ses anciens titres de gloire ne comptaient plus. Il avançait sans s'attarder sur son passé.

— Et ta mère, que lui est-il arrivé ?

— Elle est décédée d'une crise cardiaque.

— J'en suis navrée, dit sincèrement Charlotte. Mais ce que je voulais te demander, c'était ce qui se passait pour elle pendant que tu étais à cette école, et qui a nourri ta colère...

Il se figea et un instant, Charlotte crut qu'il allait définitivement se refermer. Le regard de Rocco accrocha le sien et il lui donna l'impression de plonger jusqu'au fond de son âme. Que voulait-il savoir d'elle ?

— C'est une histoire très laide, dit-il enfin. Les élèves de cette école prenaient plaisir à la tourmenter. D'abord de façon assez innocente, en laissant leurs uniformes par terre, en ne faisant pas leurs lits. Cela augmentait sa charge de travail.

Charlotte secoua la tête avec dégoût. Pas étonnant que Rocco ait pris ces fils de riches en grippe... Ses camarades étaient de sales gosses trop gâtés. Mais il devait y avoir autre chose pour avoir déclenché chez lui ce désir de revanche...

— Un soir, j'ai retrouvé ma mère livide, poursuivit Rocco. Elle n'a rien voulu me dire mais je savais que c'était grave et le lendemain, toute l'école riait à ses dépens.

— Que s'était-il passé ?

— Ils avaient déféqué par terre, et en avaient badigeonné les murs... En tout et pour tout, ils ont écopé de deux jours de suspension. Une simple tape sur la main. Mais c'est ma mère qui a dû tout nettoyer.

Charlotte ferma les yeux, indignée par l'humiliation subie.

— Oh ! Rocco...

— C'était pour me punir, moi, murmura-t-il d'une voix où vibrait encore la colère. Parce que j'étais plus intelligent qu'eux. Plus ambitieux.

— Tu voulais à toute force te sortir de ta condition ?

— Oui, car nulle fortune n'allait m'échoir au jour de mes dix-huit ans. Seule cette école pouvait m'ouvrir des portes, m'aider à sortir ma mère de sa pauvreté. Alors j'accumulais les récompenses et je gagnais toutes les compétitions, sportives et intellectuelles. Dans un débat, je réduisais mes adversaires en miettes. Je les écrasais en athlétisme. Je brillais dans les jeux collectifs.

Cette fois, Charlotte ne put réprimer ses larmes.

— Tu aurais dû être félicité, et on t'a vilipendé…

— Un petit groupe d'amis me soutenait, heureusement, et bien sûr, ma mère, toujours à mes côtés. Tout ce que je voulais, c'était le diplôme. Et un travail.

— Malheureusement, tu as perdu ta mère avant…

— Oui, et j'ai longtemps détesté les riches.

— Aujourd'hui, tu es sans doute plus riche qu'eux…

— Mais par mes propres mérites. Rien ne m'a jamais été donné !

— Comment es-tu arrivé là où tu en es ?

— Oh ! c'est une autre histoire…

— Je t'en prie, ne t'arrête pas là ! Ça m'intéresse…

Il se pencha pour lui planter un petit baiser sur le bout du nez. C'était un geste tout simple au regard de l'intimité qu'ils avaient partagée et pourtant, il l'emplit d'une joie profonde. Trop vite pourtant, il se redressa. Avait-il senti ce que son baiser déclenchait en elle ?

Ce n'était pas la première fois qu'il mettait de la distance entre eux et quand cela se produisait après un instant de communion tel qu'elle venait de l'éprouver, c'était insupportable.

— J'ai toujours été bon pour manipuler les chiffres, alors j'ai exploité cette compétence.

— Tu aurais pu devenir comptable ou professeur de maths. Mais milliardaire ?

Un sourire joua sur les lèvres de Rocco.

— J'ai commencé à travailler pour une maison de courtage.

La bourse me passionnait, les chiffres me parlaient, j'arrivais à dégager des tendances en étudiant le marché… Un jour, l'un des associés de la firme m'a remarqué. J'ai été amené à lui donner un avis qui différait des conseils de ses collègues. D'abord il l'a mal pris, mais j'ai tenu bon et je me suis justifié. Une heure après, j'étais son conseiller principal.

— Impressionnant !

— Malheureusement, ma mère était déjà décédée, à l'époque. Son sacrifice n'a cependant pas été vain. Mon seul regret est qu'elle n'ait pu voir mes succès. J'aurais voulu lui rendre la vie plus facile…

— J'en suis désolée aussi, compatit Charlotte, peinée.

— Mais toi, qu'aurais-tu fait de ta vie si le sort ne t'avait pas fait naître princesse ? lança-t-il pour changer de sujet.

— Je ne sais pas, je n'ai jamais eu l'occasion d'y rêver.

Sa main se posa sur son ventre en un geste protecteur.

Elle savait en tout cas qu'avec cet enfant, son plus beau destin s'accomplissait.

10

Ce chalet perché dans les Alpes italiennes était un rêve. Charlotte savait que la réalité allait la rattraper : ce qu'elle devait à son peuple lui dictait sa conduite. Pourtant, c'était difficile d'y croire alors qu'elle contemplait cette magnifique vallée de l'Aoste et que Rocco, nu jusqu'à la ceinture, lui préparait un petit déjeuner d'œufs brouillés et de toasts. C'était comme si, dans ce lieu protégé, elle vivait une réalité alternative.

Ce court séjour lui avait révélé à quel point elle était femme, plus que princesse. Tous les désirs qu'elle avait mis de côté dans sa vie étaient à portée de main...

Comme s'il lisait dans ses pensées, Rocco demanda, en lui servant les œufs :

— Comment aimerais-tu passer les deux jours qui nous restent ?

— Aucune idée...

L'idée de quitter ce paradis pesa soudain sur ses épaules comme la chaîne d'une prison, celle qu'était le palais...

— Dans ce cas, j'en ai une, moi, fit Rocco avec un sourire sensuel qui lui fit battre le cœur dans la gorge. Tu vas voir.

Ils trouvèrent l'arbre idéal à quelques pas de là dans la forêt. C'était un jeune sapin, arrivant à l'épaule de Charlotte et il fut aisé à Rocco de le scier et de le rapporter au chalet. Quand elle offrit d'aider, il écarta sa proposition du geste :

— Pas dans ton état !

Charlotte éclata de rire.

— Ce que nous avons fait ce matin était bien plus acrobatique !

— Et pour cela, il fallait absolument être deux, enchaîna Rocco avec un clin d'œil. Mais pas pour ce petit sapin !

Il l'installa dans la pièce principale, maintenu dans un pot de cuivre, pendant que Charlotte préparait du thé et du café. Ces simples tâches domestiques l'enchantaient et elle dénicha quelques biscuits pour accompagner les boissons.

— Il est magnifique ! s'extasia-t-elle en apportant le plateau.

— Je suis heureux que cela te plaise.

Rocco planta ses yeux dans les siens, aussi satisfait qu'elle. Il était facile de croire, dans une telle atmosphère, que son bonheur importait à Rocco. Mais elle ne devait pas oublier que, pour lui comme pour ses parents, c'était l'enfant qui comptait... Elle ravala les larmes qui pointaient. Ce devaient être les hormones de grossesse...

— Et pour le décorer ?

Une émotion fugace traversa le visage de Rocco.

— Je crois qu'il y a ce qu'il faut au grenier, je vais voir.

Il n'était pas dans les habitudes de Rocco de jouer les bonnes fées marraines, mais quand Charlotte avait parlé avec regret des Noëls au palais, magnifiques mais dépourvus d'émotion, il avait eu envie de lui faire goûter la magie que sa mère donnait aux fêtes. Allegra Santinova avait beau être sans le sou, elle s'arrangeait pour que Noël soit un émerveillement pour l'enfant qu'il était. Il lui serait à jamais reconnaissant de cette preuve d'amour.

Pourquoi était-il si préoccupé du bien-être de Charlotte ? Parce qu'elle portait son enfant. De ce fait, il était prêt à s'ouvrir un peu, à partager avec elle des souvenirs de son passé. Il ne mit pas longtemps à retrouver la vieille boîte et en l'époussetant, il fut ému aux larmes. Sa mère, s'en était elle-même servie pour Noël. Tant de fois elle lui avait raconté cela !

Quand il redescendit, l'odeur du sapin embaumait le salon, qui avait soudain pris un air de fête. Charlotte redressait les branches aplaties par le trajet, et Rocco éprouva un drôle de sentiment à la voir ici, elle, la mère de son enfant.

Mais il était heureux d'avoir choisi ce lieu pour leur lune de miel. Et ce qui faisait une grande part de ce bonheur, c'était de voir Charlotte heureuse. En réalisant cela, Rocco se figea : pareilles pensées ne lui étaient pas familières. Il aurait préféré ne rien ressentir du tout.

Charlotte ouvrit la vieille boîte avec un cri émerveillé.

— C'est magnifique, Rocco, et très ancien ! D'où tiens-tu toutes ces décorations ?

— Je les ai eues avec la maison.

Il ne mentait pas mais le nez froncé de Charlotte lui apprit qu'elle ne se contenterait pas de cette explication. D'habitude, il évitait de revisiter le passé, mais avec Charlotte, se confier n'était pas trop difficile.

— Ma mère a grandi dans ce chalet, que ses parents louaient. J'ai pu l'acheter quand elle est morte. Je m'étais juré de le faire, dit-il doucement, fixant ses yeux sur le sapin. Son pays natal lui manquait beaucoup…

— Pourquoi partir en Amérique, alors ? Pour ton père ?

— Je le crois. Ils s'étaient rencontrés alors qu'elle travaillait dans un hôtel du coin, où mon père était venu pour une conférence. Quand elle est tombée enceinte, ses parents, des gens très religieux, l'ont chassée. C'était une honte, à l'époque… Et elle, encore toute jeune, s'est retrouvée seule.

— La pauvre ! souffla Charlotte.

— Elle a réussi à obtenir un visa de travail pour les USA grâce un système de loterie proposé par le gouvernement américain. Elle n'a jamais perdu espoir, persuadée qu'elle avait le pouvoir de nous faire vivre grâce à son travail. Et elle a travaillé, plus que quiconque...

Charlotte perçut l'admiration qui perçait dans sa voix. Rocco, le milliardaire, l'homme qui ne craignait rien ni personne, rendait hommage à une humble femme de ménage qui lui avait appris à ne jamais s'avouer vaincu.

— Chaque année à Noël, reprit-il, elle me parlait de son village, de ce chalet. Elle le décrivait si bien que je le connaissais avant même d'y être entré. Elle me décrivait ce qu'on mangeait ici à cette saison, des chants de Noël dans les rues. Elle peignait des pommes de pin pour que je puisse décorer le sapin et je savais que son cœur était resté ici. Je n'ai pas pu la ramener dans ce lieu qu'elle aimait tant, hélas !

Charlotte, qui avait commencé à déballer les décorations, s'interrompit pour venir enlacer la taille de Rocco. Elle se hissa sur la pointe des pieds pour l'embrasser. C'était la dernière chose à laquelle il s'attendait mais il s'aperçut, en la serrant contre lui, que ce geste tendre chassait toute l'amertume de ses souvenirs, pour n'en conserver que la douceur.

— Non, tu ne l'as pas pu. Mais nous, nous y sommes, et notre bébé y viendra. Je crois qu'elle en aurait été heureuse, dit-elle en lui adressant un sourire hésitant.

Il acquiesça doucement. Charlotte avait raison.

— Oui, elle en aurait été profondément heureuse.

Les décorations de Noël étaient exactement comme sa mère les lui avait décrites, songea Rocco alors que Charlotte ornait le sapin et qu'il lui racontait l'histoire de chaque petit personnage, de chaque boule de verre irisé. Ce faisant, il sentait parmi eux la présence d'Allegra, comme si elle était heureuse que revive grâce à eux la meilleure partie de son enfance. Charlotte accrochait les décorations en chantonnant et la scène dégageait un sentiment de grande quiétude. Son esprit vif, ses gestes élégants, tout ajoutait à sa grâce naturelle pour la rendre fascinante.

Qu'elle soit restée vierge si longtemps était pour Rocco un mystère. Les hommes auraient dû se jeter à ses pieds, et peut-être l'auraient-ils fait si Charlotte avait eu plus de liberté. Mais son temps ne lui appartenait pas...

— Voilà ! dit-elle en fixant l'étoile dorée qui devait orner le sommet du sapin, avant de reculer de quelques pas pour juger de l'effet.

— Que changerais-tu ?

— Je crois que c'est parfait ainsi. Il est très beau...

Rocco sentit une chaleur envahir sa poitrine. Elle se serra aussi, comme si un danger s'annonçait, qu'il lui fallait éviter. Mais leur jeune vie de couple allait adopter un autre rythme une fois qu'ils seraient rentrés. Ils vivraient en parallèle, se croisant peu dans l'enceinte du palais, en tout cas jusqu'à la naissance du bébé. La pensée fut comme un coup de poignard : ensemble, mais séparés ? Comment pourrait-il se trouver si près d'elle et suivre une voie parallèle ? Et la nuit ? Toute séparation paraissait inconcevable, à présent.

— Je voulais dire, que changerais-tu à ton enfance ? Je pense à notre enfant qui va peut-être devoir faire face aux mêmes restrictions que toi. Qu'aurais-tu souhaité vivre différemment ?

La voix de Rocco était douce, mais c'était l'enfant qui le souciait...

— J'aurais aimé que ma vie soit plus normale, répondit-elle en s'efforçant de cacher sa déception. Notre enfant sera l'héritier, comme mon frère l'a été. Je ne veux pas qu'il soit élevé à part, comme Nicholas. Il doit pouvoir être un enfant avant d'être le descendant royal.

— Tu as dû réfléchir à tout cela depuis longtemps.

— Pas vraiment. Je savais que je devrais donner un héritier à la couronne mais cela restait lointain. À présent que le bébé est en moi, cela change tout. Malheureusement, je sais qu'un prince héritier n'appartient pas vraiment à sa famille... Le chef du protocole était très présent dans la vie de mes parents et je trouvais cela détestable.

— Nous empêcherons que cela n'arrive.

Une expression pessimiste traversa le visage de Charlotte.

— Ce n'est pas si facile... Les traditions...

— Les traditions peuvent être modifiées.

— Crois-moi, c'est difficile d'établir de nouvelles règles.

— Laisse-moi t'expliquer une chose, *cara* : je n'ai aucune intention de laisser notre enfant devenir un pion sur l'échiquier royal. Moi aussi, je souhaite qu'il soit élevé le plus normalement possible. Même si cela veut dire qu'il doit grandir ici ou à New York.

— Ils ne l'autoriseront jamais ! Personne ne voudra en prendre la responsabilité.

— A-t-on besoin de leur autorisation ?

Elle leva les yeux vers lui, comme si sa détermination lui donnait une lueur d'espoir.

— Je ne sais pas, à vrai dire. Il faudra se renseigner.

Rocco fut envahi d'une étrange allégresse. Qu'elle envisage d'aller dans son sens ouvrait une porte sur leur avenir. Il s'était marié pour ne pas être séparé de son enfant comme lui l'avait été de son père, mais il voulait aussi épargner à son fils ou sa fille l'éducation rigoriste qu'avait reçue Charlotte.

— Nous nous battrons, princesse. Notre famille ne ressemblera sans doute pas à toutes les autres, mais nous nous débrouillerons pour donner un vrai foyer à cet enfant, tout comme ma mère l'a fait pour moi. C'est nous qui déciderons, car cet enfant n'est la responsabilité de personne d'autre.

— Oui, fit-elle enfin, les yeux brillants d'une détermination nouvelle. Avec toi à mes côtés, cela devient possible.

Qui avait proposé cette promenade au village, lui ou elle ? En tout cas ils étaient là, sous les guirlandes que la tombée du jour allumait dans les rues, emmitouflés, une tasse de chocolat chaud à la main. La joie de Noël était partout. Une petite chorale s'était rassemblée pour chanter *Mon beau sapin*. À les entendre, Charlotte se sentait en paix. Elle s'appuya un peu plus sur le bras de Rocco. Son cœur battait : partager ce moment avec lui comptait plus qu'elle n'aurait su le dire. Elle était en train de tomber amoureuse, désespérément, comprit-elle. Peut-être l'avait-elle toujours été ? Et même dès le premier instant, ce qui expliquerait pourquoi elle s'était retrouvée dans son lit...

Dans ce village de rêve, avec lui à ses côtés, tout semblait soudain possible...

11

C'était leur dernière matinée dans la vallée d'Aoste et Charlotte se sentait oppressée. Tout ce qu'elle avait aimé ici lui apparaissait comme un rêve auquel elle avait été bien naïve de se laisser prendre. Car sa vie était à Hemmenway... Depuis toujours, elle savait ce qui l'attendait. Pourrait-elle jamais réécrire son destin ?

Je t'épouse pour le bien du bébé.

Il n'avait pas eu d'autre choix et l'avait énoncé clairement. Sans intention de la blesser, mais aujourd'hui, les paroles de Rocco étaient telles une plaie à vif. Elles résonnaient comme un avertissement : Charlotte devait bien se garder de lui laisser entrevoir ses sentiments.

Cette lune de miel avait été une idée complètement folle, songea-t-elle en grignotant un biscuit, tandis que Rocco lisait un journal sur sa tablette. Elle l'avait vécue comme une parenthèse enchantée, qui rendait encore plus sombre ce qui l'attendait. Bien sûr, cela leur avait permis de mieux se connaître, mais elle n'en avait pas anticipé la conséquence : le connaître, c'était l'aimer... Charlotte n'était pas assez sûre d'elle-même pour lui avouer le sentiment qui naissait en elle, car le peu d'expérience qu'elle avait eue des hommes l'avait laissée un temps traumatisée. Était-ce bien de l'amour, d'ailleurs, qu'elle éprouvait ? Peut-être n'était-ce que du désir, ou une forme de gratitude pour l'avoir arrachée à un avenir tout tracé. Peut-être était-ce hormonal, puisqu'elle portait son enfant.

Ses réflexions l'accompagnèrent alors qu'elle remontait boucler ses valises mais plus elle y réfléchissait, plus elle se disait que c'était bien de l'amour... Comment expliquer autrement cette explosion qu'elle vivait à chacun de ses regards ? Elle n'imaginait plus la vie sans lui... et c'était un véritable désastre.

Car il n'était pas question d'amour dans ce mariage. La nécessité les y avait conduits. Il s'agissait de Rocco Santinova, séducteur impénitent qui lui avait bien fait comprendre lors de leur première nuit qu'il n'y aurait pas de lendemain... Les circonstances en avaient décidé autrement et il s'y adaptait, mais ce n'était pas de l'amour. Pas de sa part.

Elle lâcha soudain le sweater qu'elle s'apprêtait à plier et appuya la main sur son ventre en criant, la douleur la pliant en deux. Rocco fut immédiatement à ses côtés.

— Charlotte ? Ça va ?

Non, cela n'allait pas du tout, avait-elle envie de lui hurler. Mais il n'y était pour rien. Il avait joué cartes sur table et c'était elle qui, stupidement, s'était laissée prendre au jeu.

— Ça ira. Je vais m'allonger un peu. À quelle heure partons-nous ?

— Dans une heure.

— Je serai sur pied.

Une fois reposée, elle prit le temps de se coiffer et de se maquiller soigneusement, pour faire renaître la princesse Charlotte d'Hemmenway. Tout valait mieux, d'ailleurs, que de se retrouver en tête à tête avec lui...

À l'heure dite, elle descendit. Debout, Rocco terminait un café, si beau qu'elle en fut bouleversée. Il leva le visage vers elle et lui sourit, comme si le monde continuait à tourner rond. Mais pour lui, bien sûr, rien n'avait changé...

Le regard de Charlotte se posa sur le sapin.

— Nous aurions dû l'enlever...

— Il n'est pas impossible que nous revenions avant Noël. Sinon, mon intendante s'en occupera.

Tout était si simple dans son monde ! Un monde qu'il contrôlait parfaitement. Contrairement à elle, qui se demandait comment affronter l'avenir...

— Allons-y, dans ce cas.

Pour elle, il vaudrait mieux ne jamais revenir ici, dans ce lieu magique où elle était tombée amoureuse, car Rocco lui avait révélé une facette de lui-même impossible à ne pas aimer. Hélas ! Cet amour n'était pas réciproque et il serait toujours pénible à Charlotte de se rappeler cette lune de miel.

Des larmes lui montèrent brusquement aux yeux, qu'elle réussit à maîtriser. Il lui fallait agir comme si de rien n'était, la réussite de ce mariage en dépendait.

Il n'était pas idiot : quelque chose tourmentait Charlotte. Elle s'était isolée de lui toute la matinée mais il l'avait surprise à essuyer furtivement une larme. Et puis cette douleur subite... Le souci qu'il avait d'elle le rendait nerveux. Ce n'était pas un sentiment auquel il était habitué, ne l'ayant jamais éprouvé que pour sa mère. Il les conduisit jusqu'à l'aéroport. Elle ne desserra pas les dents de tout le trajet et quand il se tournait vers elle, inquiet de son silence, Charlotte lui opposait un profil obstinément fermé.

— Quelque chose te contrarie ? demanda-t-il en stoppant la voiture sur le tarmac où les attendait l'avion.

La brève goulée d'air qu'elle avala avant de lui répondre lui suffit à confirmer son hypothèse.

— Non, pas du tout.

— Allons, je ne suis pas stupide. Que se passe-t-il ?

Si elle lui parlait, il trouverait une solution. C'était dans son tempérament de résoudre les problèmes.

— Rien. J'ai passé quelques jours très… agréables.

Les mots sonnaient creux et sa voix tremblait.

— Charlotte, que s'est-il passé ? Parle-moi !

S'ils voulaient élever cet enfant ensemble, ils allaient devoir apprendre à communiquer, autrement que dans un lit…

— J'ai ressenti une telle impression de liberté ici, lança-t-elle pour en finir. J'ai du mal à me dire qu'il faut rentrer.

C'était plausible mais il devinait qu'elle ne disait pas tout.

— Nous pourrons revenir ici autant que tu voudras.

Les yeux de Charlotte s'emplirent de larmes.

— Allons, Rocco, il est temps de redescendre sur terre.

Sa voix, cette fois, était déterminée. Mais Rocco n'avait pas l'habitude d'être mis sur la touche. Après tout ce qu'ils avaient partagé, elle le traitait comme quantité négligeable. Elle le rejetait, comme son père, comme ses grands-parents l'avaient fait avec sa mère. Et il haïssait la vulnérabilité que cela lui faisait ressentir. Alors, pour se rassurer peut-être, il se pencha vers elle et l'embrassa rageusement. Ce n'était pas à elle qu'il en voulait, mais aux circonstances de leur mariage. Il était profondément en colère, sans vraiment savoir pourquoi. Car avec Charlotte, il avait découvert un aspect de la sexualité qu'il n'imaginait pas, au-delà des idées de revanche ou de triomphe, au-delà de la fierté de donner du plaisir. Le sexe avec elle était différent, il avait l'impression de s'ouvrir entre ses bras, de se métamorphoser.

Elle gémit contre lui et Rocco sut que le sexe serait leur terrain d'entente, le ciment de leur couple.

Il se détacha d'elle le temps de la faire sortir de voiture et de la prendre dans ses bras pour monter jusqu'à l'avion. Il ne lui fallut qu'une seconde pour donner ses instructions au pilote et il porta Charlotte dans la chambre. Une fois seul avec elle, il l'embrassa avec la même intensité que dans la voiture. Le besoin qu'il avait de la faire sienne était intense, au-delà de toute explication. Elle accueillit sa frénésie avec le même désir désespéré que celui qui le tenaillait.

Ce n'était plus la même chose qu'au chalet : alors, il lui avait appris la patience, se maîtrisant pour étirer jusqu'à l'insupportable l'attente de l'assouvissement. Cette fois, Rocco ne contrôlait plus rien. La passion était une bête furieuse qui les possédait, insatiable et sauvage. Charlotte se cambrait, plantait ses ongles dans sa peau, s'accrochait à lui comme si sa vie en dépendait.

Alors que l'avion décollait, elle explosa, tandis qu'il perdait toute retenue et la suivait dans la jouissance, s'abîmant en elle, impuissant face à l'intensité de ce qu'ils éprouvaient ensemble ; perdu, l'espace d'un instant, comme un enfant dans une forêt profonde.

Il se redressa lentement mais Charlotte évita son regard. En dépit de ce qu'ils venaient de vivre, elle le mettait à distance. Alors qu'il était encore en elle, elle se fermait à lui ! Frustré, il se retira doucement, se gardant bien de trahir la moindre émotion. Jamais il ne se laisserait aller à montrer de la vulnérabilité. Depuis longtemps il savait que s'attacher, c'était se mettre en danger. Sans un mot, il s'écarta pour se rhabiller.

Charlotte resta le plus longtemps possible dans la chambre, se rhabillant et se coiffant avec une lenteur consommée, plutôt que d'affronter Rocco. Elle avait le plus grand mal à ne pas rejouer dans sa tête les instants qu'ils venaient de partager. Ces instants qui avaient été comme un baptême du feu… Pour la première fois, ils avaient été à égalité dans l'acte d'amour, et non élève et professeur comme pendant leur lune de miel. Leur passion consumait tout.

Elle réussit à faire traîner les choses jusqu'à la descente de l'avion et quand elle sortit, elle vit Rocco penché sur une pile de documents qu'il continua à étudier sans même lever la tête. Elle aurait dû en être rassurée… Mais ses sentiments pour lui, exacerbés par la façon dont ils venaient de faire l'amour, se révoltaient d'être ignorés. Lui dire qu'elle l'aimait ? Mais comment ? Frustrée, elle se mit à faire les cent pas dans la travée. Par les hublots apparaissait la capitale d'Hemmenway et elle sentit son cœur se serrer. Elle aimait ce pays, il faisait partie d'elle, mais elle n'était plus désormais la princesse uniquement destinée à servir. Elle voulait plus. Elle voulait tout.

Quand elle se tourna vers Rocco, la résignation qu'elle lut dans ses yeux lui transperça le cœur.

— Qu'y a-t-il ? demanda-t-il doucement.

Elle s'assit et boucla sa ceinture pour l'atterrissage.

— J'ai besoin de savoir...

Les mots moururent sur ses lèvres. *Besoin de savoir si tu pourrais un jour aimer...*

— Comment tu envisages la suite à Hemmenway, reprit-elle.

Après tout, cela aussi était important...

— Que veux-tu dire exactement ?

Il n'allait pas lui faciliter les choses.

— Eh bien, avant le mariage, nous vivions séparés...

— Ce n'était pas mon choix, fit-il remarquer.

— Ni le mien, mais c'était... la tradition, se défendit Charlotte. À présent...

— Tu veux savoir à quoi vivre ensemble va ressembler ?

— Oui, j'ai du mal à l'imaginer.

— À quoi voudrais-tu que cela ressemble ?

— Je ne sais pas. On ne m'a jamais demandé mon avis sur la vie que je voudrais mener, on me l'a imposée.

— Imaginons-la ensemble, alors ! Tu nous vois vraiment rester au palais ?

Elle fronça les sourcils.

— Je n'ai jamais pensé vivre ailleurs. C'est mon seul foyer.

— Nous pourrions en créer un bien à nous. Plus petit, plus intime, avec nettement moins de personnel et une vie privée.

Ce qu'il décrivait, c'était son rêve secret. De toutes ses forces elle aurait voulu s'y accrocher, le faire advenir. Mais pourquoi, au bout du compte ? Au moins, au palais, il y aurait des allées et venues, des invités, des dignitaires. Sa famille... Du bruit, qui assourdirait la détresse de son cœur. Seule avec Rocco, il serait trop dur de cacher ce qu'elle ressentait, de vivre avec le sentiment de n'être aimée par personne, surtout pas lui. Cela la détruirait.

— Je crois qu'il faut apprendre à marcher avant de courir, répliqua Charlotte, maudissant sa lâcheté.

Pourquoi ne se battait-elle pas pour leur avenir, pourquoi n'avouait-elle pas son amour, comme on se jette à l'eau ?

— Très bien, dit-il en haussant les épaules. Si c'est ce que tu veux...

— Oui, mentit-elle alors que l'avion amorçait sa descente.

12

Encore une soirée, encore une cérémonie interminable où Rocco, prince royal, devait accompagner sa femme, la regarder sourire comme un automate, mener des conversations polies… Depuis leur retour, c'était à peine s'il avait vu Charlotte seul à seule, et encore ce n'était pas elle qu'il voyait mais la version d'elle-même qu'elle montrait à son peuple.

Elle semblait intouchable, et quand par hasard ils se touchaient, elle s'écartait au plus vite, laissant un feu dans ses veines qu'il refusait d'éteindre. Comment réconcilier la nouvelle Charlotte avec celle qu'il avait tenue dans ses bras en Italie ? Elle était chaleureuse alors, rieuse, détendue…

Il la couvrit d'un regard ouvertement possessif, se moquant bien des dignitaires et des diplomates qui les entouraient. Elle le regarda à son tour et Rocco lut la panique dans ses yeux. Elle savait ce qui l'animait et il vit une sombre rougeur envahir ses joues. Quand elle revint à sa conversation avec la reine d'El Amaan, son assurance semblait ébranlée. *Très bien*, songea Rocco avec un sourire cynique. Il aimait la déstabiliser, retrouver enfin la vraie Charlotte. Il en avait assez d'être ignoré. Il refusait d'agir avec elle comme s'ils étaient deux étrangers bien élevés. Si elle croyait qu'il allait se contenter de cette union à distance, froide et dépassionnée, elle se trompait du tout au tout.

— Charlotte...

Oh ! non, Seigneur, pas maintenant !

Elle avait déjà la main sur la poignée de la porte, à deux doigts de se réfugier dans ses appartements. Elle n'en pouvait plus de retenir son envie de hurler...

— Oui ? fit-elle, parvenant héroïquement à maintenir son calme.

— Entrons, veux-tu ? Je ne veux pas discuter dans le couloir...

Ses yeux jetaient des éclairs. Il était furieux, frustré. Tout cela devenait dangereux. À un moment, les choses lui avaient échappé. Il lui était impossible, comme elle l'avait espéré au début, de tenir Rocco à distance.

— D'accord... Mais je suis fatiguée.

Un instant, elle crut lire de la compassion dans ses yeux, mais ce fut si fugitif qu'elle devait l'avoir rêvé. Elle entra, il la suivit. C'était la première fois qu'il pénétrait dans les appartements de Charlotte et elle sentit que sa présence changeait quelque chose. Se retournant vivement vers lui, elle le heurta alors qu'il s'approchait et le souffle lui manqua.

— Que veux-tu ? parvint-elle à prononcer, les jambes coupées par le désir, dévastée à l'idée de l'aimer sans retour.

— Que tu te comportes comme ma femme.

L'instant d'après, il prenait ses lèvres avec la même fougue que dans l'avion, exigeant qu'elle fasse tomber les barrières dont elle s'était entourée. Elle n'en avait que trop envie. Comment le repousser alors qu'il était exactement ce dont elle avait besoin ? Quand ils se touchaient, les mots étaient superflus, il n'y avait plus que le lien intime qu'ils avaient tissé dès le premier soir.

Mais cela ne suffisait pas.

Elle s'arracha à ses lèvres, tenta de reprendre souffle et de recouvrer un semblant de bon sens.

— Quand je te touche, tu brûles, dit-il d'une voix

dangereusement basse. Et le reste du temps, tu fais comme si je n'existais pas. C'est ce que tu veux de notre mariage ?

Incapable de répondre, elle ferma les yeux.

— Qu'attends-tu de moi, Rocco ?

— Pas cela. Je ne vais pas jouer les potiches à tes côtés pendant les cérémonies pour être rangé sur une étagère ensuite. Comment peux-tu vivre ainsi ?

— Je t'avais prévenu que tu allais détester cette existence, dit-elle en baissant les yeux car elle savait ce qui allait suivre.

Il la quitterait, et elle ne pourrait même pas lui en vouloir.

— Ce qui m'intéresse, c'est de savoir comment tu fais pour ne pas la détester.

— J'ai été élevée dans le respect de tout cela.

— Sottises ! Tu es intelligente, drôle, belle ! Tu as tellement mieux à faire que de sourire à des dignitaires !

Son éloge alluma en elle un brasier de gratitude.

— Je veux plus que cette vie-là, reprit Rocco avec force.

— Que veux-tu alors ? murmura-t-elle, terrifiée à l'idée de l'inéluctable réponse.

— Je veux une porte de sortie.

C'était bien cela ! Il allait la quitter. Et se battre pour la garde de l'enfant ? Elle eut l'impression que le sol se dérobait sous elle.

— Un divorce est...

— Je ne te parle pas de divorce mais de mariage ! Je veux que nous échappions à tout cela, dit-il, désignant le palais d'un geste circulaire.

— C'est ma vie...

— C'est une partie de ta vie, rétorqua-t-il. Je sais qui tu es vraiment. Rappelle-toi l'Italie ! Là-bas, tu vivais pleinement !

— C'est vrai, murmura Charlotte, défaite. Dormir ensemble, parler, rire, décorer le sapin, tout cela était merveilleux. Mais ce n'était pas ma réalité. Alors pourquoi t'acharner, Rocco ?

— Parce que nous allons être parents. Crois-tu qu'il sera facile d'élever cet enfant si nous sommes étrangers l'un à l'autre ?

Le cœur de Charlotte se brisa. La réponse était claire, sensée… et ne tenait pas compte de ses besoins : c'était pour le bébé. Alors elle le repoussa, incapable de sentir ses mains sur elle alors que tout le reste était mensonge.

— C'est pourtant ce que nous sommes, des étrangers, dit-elle en un souffle, le cœur déchiré. Mais la dernière chose que je souhaite est que tu sois malheureux. Tu peux partir, je te délie de tes vœux.

— Des vœux que nous avons prononcés pour le bien de notre enfant. Rien n'a changé. J'entends bien être à ses côtés pour l'élever. Et observer la vie du palais me confirme dans la nécessité d'être présent.

Chaque mot fit à Charlotte l'effet d'un coup de poignard.

— Très bien. Nous l'élèverons ensemble. Mais tu ne seras plus obligé d'assister aux cérémonies.

— Les cérémonies sont le cadet de mes soucis ! explosa Rocco. Il est question de celle que tu deviens ici et qui n'est pas toi. Il est question de l'avenir que nous pourrions avoir ensemble ! Je sais que cet avenir, tu le désires aussi… Reconnais-le, Charlotte et dis-moi ce que tu veux vraiment.

Il lui avait saisi les bras et des étincelles la parcoururent.

— Tu es certain de vouloir le savoir ?

— Tu es ma femme. Ce que tu veux, je le ferai advenir.

Cette assurance démesurée, c'était tellement lui ! L'homme qui s'était arraché à la pauvreté à la seule force de sa détermination et de son intelligence, et qui ne pouvait comprendre qu'elle vive à moitié…

— Tu es malheureuse, reprit-il d'une voix empreinte de conviction. Tu t'es échappée une fois, ce soir-là, à New York. Je peux t'aider à t'échapper pour de bon, si tu le veux. Parle-moi !

— Ce ne sont pas mes devoirs royaux qui me bouleversent, avoua-t-elle, cédant à son exigence.

— Quoi, alors ?

— Tout ceci. Le mariage, avec toi.

Rocco sursauta comme si elle l'avait giflé.

— Je croyais en être capable, reprit-elle d'une voix blanche. Pour notre enfant... Mais t'avoir épousé et faire comme si...

Elle ferma les yeux, pâle comme si tout le sang avait quitté son visage.

— Comme si quoi ?

C'était de la folie. Si elle se taisait, au moins ils resteraient ensemble, elle passerait sa vie près de lui. Si elle disait la vérité... Il était impossible de prédire quelle serait sa réaction.

Et pourtant elle ouvrit les yeux et le regarda bien en face.

— Comme si je n'avais pas de sentiments pour toi, Rocco, poursuivit-elle, alors que je suis tombée amoureuse de toi. Quand ? Je ne sais pas. Je m'en suis rendu compte en Italie. Et t'aimer est un supplice de chaque instant. Chaque fois que tu me regardes, chaque fois que tu me touches, je suis dévastée à l'idée de la vie que nous pourrions avoir si seulement tu m'aimais aussi... Donc, non, quitter Hemmenway ne servira à rien. Rien ne peut me sauver.

Chaque seconde qui passait sans qu'il réponde faisait mourir le peu d'espoir qu'elle avait nourri. Naïvement...

— Charlotte, écoute, dit-il enfin. Ce n'est pas de l'amour, entre nous. Je suis le premier homme à t'avoir prêté attention. J'ai aussi été ton premier amant. J'ai éveillé en toi quelque chose de neuf, d'excitant. Il est naturel de confondre tout cela avec de l'amour, mais ce n'est que du sexe.

— Pas pour moi ! affirma-t-elle avec force. Non, ce n'est pas que du sexe.

— Parce que tu n'as pas d'expérience.

La colère l'animait à présent et elle répondit avec violence :

— Ce n'est pas une question d'expérience. J'aurais pu coucher avec tous les hommes de la terre, cela ne m'empêcherait pas de savoir ce que je ressens pour toi ! Un amour authentique !

— Ce sont peut-être les hormones de grossesse, dit-il en secouant lentement la tête. Crois-moi, Charlotte, la nouveauté de tout ceci va s'éroder et tu verras que j'ai raison. Tu interprètes mal ce que tu ressens.

— Arrête de me dire ce que je dois ressentir ! Je suis désolée que tes expériences t'aient rendu cynique, incapable de voir ce qui crève les yeux, mais moi, je sais que je t'aime. Tout ce que je demande, c'est de me laisser le temps de réfléchir à la façon de vivre avec ce sentiment.

Il la regarda intensément et elle retint son souffle. Mais il n'y avait rien à espérer.

— Très bien, lâcha-t-il après un long silence. Si c'est du temps que tu veux, tu l'auras. Mais au bout du compte, tu verras que j'ai raison, princesse. Ce que tu prends pour de l'amour s'éteindra.

Sa remarque condescendante fut comme une gifle. Charlotte lui tourna le dos et sortit.

13

Rocco rentra dans ses appartements et claqua la porte derrière lui. Une fois seul, il put enfin s'abandonner au maelström de sentiments qui se déchaînaient en lui.

De l'amour !

Il l'avait réfuté, instantanément. C'était impossible !

Personne d'autre que sa mère ne l'avait aimé et c'était très bien ainsi. L'amour compliquait tout. L'amour demandait de la confiance, du sacrifice. Il fallait accepter d'être vulnérable. Risquer de souffrir, d'être quitté.

En Italie, il s'était confié à Charlotte plus qu'à nul autre, et il avait senti le danger qu'il y avait à continuer dans cette voie.

Quand au retour, elle l'avait tenu à distance, il avait su qu'il avait eu tort de lui faire confiance. Le peu qu'il lui avait donné, c'était déjà trop. En un claquement de doigts Charlotte était devenue inaccessible. Et pourtant, jamais il n'avait connu quelqu'un d'aussi doux, d'aussi tendre. Même elle pouvait changer du jour au lendemain.

Charlotte savait ce que la souffrance voulait dire. Ses proches, tous ceux qui étaient censés l'aimer lui avaient fait défaut. Elle avait été privée d'amour, et elle croyait aimer ? Où trouvait-elle la capacité d'espérer, de croire en quelqu'un, après tout ce qu'elle avait traversé ?

Et le bébé ? souffla brusquement une voix dans sa tête.

Rocco se figea, interdit. Qu'il le veuille ou non, il aimerait cet enfant, qui l'aimerait en retour. Il voulait pour lui la sécurité affective, celle qu'il n'avait jamais eue. Il voulait qu'il se sente entouré d'amour, par ses deux parents. Et lui, futur père, n'était plus l'homme solitaire qu'il avait toujours été. Mais un enfant, c'était différent. Ce n'était pas la compagne d'une vie.

Au sujet de Charlotte, il avait raison. Ce qu'elle aimait, c'était l'idée de l'amour, l'idée d'un homme dans sa vie, qui la protégerait et la désirerait. Il lui faisait du bien, lui donnait une vraie place. Elle confondait cela avec de l'amour. Il fallait qu'il lui laisse le temps de réfléchir, de voir la vérité, et tout s'arrangerait.

Dans les jours qui suivirent, il se tint à l'écart des cérémonies officielles, mais si Rocco pouvait éviter de voir Charlotte, il ne pouvait échapper à ses propres pensées. -

Charlotte l'obsédait. Il la revoyait en Italie, heureuse, émerveillée de tout, il la revoyait à New York, mystérieuse et fascinante, puis éperdue de plaisir... Alors son ventre se nouait et il ne pouvait plus se concentrer sur rien.

Il se faisait du souci pour elle. Parce qu'elle attendait son enfant, et qu'elle souffrait. C'était la dernière chose qu'il souhaitait. Quand il cherchait son regard, elle se dérobait. Elle ne voulait pas de lui. Cela le confortait dans son analyse : on ne pouvait se fier à personne...

Il se jeta à corps perdu dans le travail et comme cela ne suffisait pas à chasser Charlotte de son esprit, il résolut de retourner quelque temps à New York, pour mettre de la distance entre eux.

— Pardon ? dit Charlotte, soudain paniquée.

— Il est parti ce matin, je suis désolée, expliqua Iris. Il a demandé si vous étiez réveillée et quand je lui ai répondu que non, il a tourné les talons. Il m'a laissé ceci pour vous.

Elle lui tendit un message que Charlotte ouvrit d'une main tremblante. Iris s'était discrètement éclipsée.

Charlotte,

J'ai des affaires à régler à New York. Je resterai absent quelques semaines. Surtout préviens-moi s'il y a le moindre souci avec le bébé. Nous aurons une conversation quand je rentrerai. Prends soin de toi.

Rocco.

Un brouillard de larmes lui monta aux yeux et elle se dirigea vers la fenêtre, oppressée. Tout ceci devenait invivable. Avant de rencontrer Rocco, elle n'était pas heureuse, non, mais au moins en paix avec sa vie. Et aujourd'hui ? Son absence soudaine la déchirait. Pourtant il ne l'aimait pas. En quoi cela aurait-il dû la surprendre ? Personne ne l'aimait. Ni ses parents, ni son frère. Pourquoi avait-elle imaginé qu'il puisse en aller autrement avec Rocco ? Parce qu'il s'était montré gentil ? Il lui avait bien dit de ne pas confondre cela avec de l'amour.

Ses larmes devinrent des sanglots qu'elle ne chercha pas à retenir.

Après sa rencontre avec Charlotte, Rocco avait eu du mal à reprendre le cours de sa vie. Elle était comme une fièvre qui ne le lâchait pas, une fascinante énigme, et sa vision du monde en était changée. Après une simple nuit ensemble !

Mais aujourd'hui, après leur mariage, leur lune de miel ? Elle était devenue partie intégrante de lui et la fièvre n'avait pas diminué, bien au contraire. Être à New York sans elle semblait étrange, presque mal.

Et cela le rendait fou. N'était-il pas capable de tout maîtriser ? Si, bien sûr. Mais cette fois, il lui faudrait simplement plus de concentration, plus de détermination que d'ordinaire.

Il travailla comme un fou, se levant à 5 heures du matin,

tombant épuisé à minuit, parvenant enfin, à force de surmenage, à rayer Charlotte de ses pensées.

Mais une semaine après son arrivée, il se produisit une chose étrange. Rocco se réveilla en pensant, non pas à Charlotte, mais à sa mère...

— Père, mère, il faut que nous parlions.

Charlotte était entrée d'un pas résolu dans le salon de ses parents. Rocco était parti, mais étrangement, il lui avait laissé une détermination, une confiance en elle qui grandissait un peu plus chaque jour. Elle avait réfléchi à sa vie et ressenti de la colère au souvenir des traitements que ses parents lui avaient fait subir. À présent, elle était absolument sûre d'une chose : elle méritait mieux, et depuis toujours.

Bien sûr, ses parents avaient des excuses : Nicholas avait failli mourir et ils en avaient été terriblement affectés. Mais elle méritait d'être désirée pour elle-même, pas simplement pour ce qu'elle pouvait leur donner.

L'attitude combative de Rocco l'avait décidée à défendre ses droits, et ceux de leur enfant.

— Il le faut vraiment ?

La réaction de sa mère n'avait rien qui puisse l'étonner...

— C'est important, dit-elle en fermant soigneusement la porte.

— Très bien, nous vous écoutons, Charlotte, dit son père, qui semblait plus affectueux ces derniers temps, sans doute ravi de la bonne couverture de presse dont bénéficiait le mariage.

— Rocco et moi attendons un enfant. Vous deviez le savoir. La continuation de la lignée est assurée.

Sa mère émit un son étranglé, et son père bondit de sa chaise.

— Vous êtes... enceinte ?

— Oui. J'ai donc accompli ce pourquoi vous m'avez fait naître. Bien sûr, les médecins vous tiendront au courant de tous les développements.

— Charlotte, dit sa mère d'une voix tremblante, je n'ai jamais voulu…

Sa mère s'était couvert le visage de ses mains et semblait pleurer, presque humaine pour une fois. Mais cela compensait mal toute une vie de négligence, et Charlotte se tut, incapable de prononcer un seul mot de réconfort.

— Comment vous sentez-vous ? demanda son père.

Voilà une question à laquelle il était impossible à sa fille de répondre sincèrement !

— Tout va bien, dit-elle cependant avant de se retirer. Merci de m'avoir accordé de votre temps.

Toute sa vie, il avait cherché à se démarquer de son père. C'était l'exacte raison pour laquelle il avait offert le mariage à Charlotte, avant même d'avoir pris le temps d'y réfléchir. Son père avait rejeté sa mère et Rocco se devait de faire le contraire. Il serait aux côtés de Charlotte, il se battrait pour le bébé. Il l'aimerait de toutes ses forces, ce que son père n'avait jamais fait.

Mais Rocco avait oublié les mots prononcés il y avait bien longtemps, et qui avaient resurgi à son esprit au milieu de la nuit :

« Comment je peux me montrer aussi insensible ? C'est très simple, Allegra. Je choisis de ne rien ressentir. »

Dans ce domaine, son père et lui étaient bien les mêmes… Froids, déterminés à ne pas écouter leur cœur, ce qu'ils considéraient comme de la faiblesse. Rocco, obsédé qu'il était par la crainte d'être vulnérable, ne s'était pas rendu compte qu'il devenait, jour après jour, ce qu'il redoutait le plus.

Il laissa son regard se perdre sur la ligne d'horizon que découvrait la baie vitrée de son appartement. Manhattan était à ses pieds, et il y restait indifférent. Car un millier de sensations vibraient en lui. De nouvelles pensées prenaient forme. Passé et présent se mêlaient, il voyait sa mère jeune fille, chassée par ses parents, et sa femme, adolescente, dénigrée par d'innommables trolls sur Internet, reconnue par les siens pour ce qu'elle pouvait donner et jamais pour qui elle était.

Il n'avait pas fait mieux que les autres...

Rocco émit un grondement furieux. Lui aussi l'avait réduite à sa fonction de mère, si souvent qu'il arrivait à peine à y croire. Combien de fois lui avait-il répété qu'il l'épousait pour l'enfant qu'elle portait ! Et jusqu'au dernier moment : dans le mot qu'il lui avait laissé en partant, il lui enjoignait de la prévenir en cas de problème avec le bébé, alors que ce n'était pas du tout ce qu'il voulait dire ! Mais il n'avait pas voulu dévoiler le fond de son cœur. Comment lui dire qu'en fait, il voulait de ses nouvelles, que c'était d'elle qu'il se souciait ?

Elle était aussi importante pour lui que l'enfant. Contrairement à ce qu'il avait cru, elle comptait pour lui plus que tout autre.

— Bon sang !

Il frappa du poing contre le mur et se précipita vers son ordinateur.

La main de Charlotte se figea sur la rampe de fer forgé. Du haut du palier, elle aperçut Rocco dans le hall orné d'un gigantesque sapin de Noël, marchant avec une telle détermination qu'elle se demanda ce qu'il voulait.

Il l'aperçut et elle frémit sous le feu de son regard. Cela faisait dix jours qu'elle ne l'avait pas vu, et son cœur n'était pas préparé à ces retrouvailles anticipées. En deux enjambées, Rocco l'avait rejointe sur le palier. Ses yeux sombres fouillèrent les siens, posant des questions auxquelles elle ne pouvait répondre.

— Je te croyais à New York, murmura Charlotte d'une voix à peine audible.

— J'en suis revenu. Pour te voir.

Elle manqua perdre pied. C'était ce qu'elle redoutait sans se l'avouer, depuis qu'il avait dit vouloir chercher une porte de sortie. À ce moment-là, il avait rejeté toute idée de divorce mais il avait dû réfléchir depuis. Son visage était si sombre qu'il était impossible à Charlotte de ne pas envisager le pire. Elle combattit la douleur en se redressant et mit le peu d'énergie qui lui restait à garder son calme, alors qu'elle ne voulait qu'une chose : se rouler en boule et pleurer toutes les larmes de son corps.

— Parfait. Tu me vois, maintenant.

Mieux valait en finir, avoir cette conversation une bonne fois pour toutes.

— Comment vas-tu ? jeta Rocco.

Charlotte ignora son cœur palpitant, son pouls déchaîné.

— Le bébé va bien, tout va bien.

C'était ce qu'elle avait répondu à ses parents.

— Allons parler dans un endroit tranquille.

Rocco l'entraîna vers un bureau, et ferma la porte derrière eux. Charlotte lui fit face, bien droite, attendant que tombe la sentence…

— J'étais à New York, reprit Rocco, et tu étais là-bas aussi.

— Ça m'étonnerait. Je n'ai pas bougé d'ici.

— Tu étais là, dit-il en désignant sa tête. Je pensais à toi tout le temps. Je me faisais du souci pour toi.

Ah, il était question du bébé, bien sûr… Quand se mettrait-elle en tête que c'était pour cela seulement qu'elle l'intéressait ?

— La grossesse se passe très bien, je te l'ai dit.

— Il fallait que je revienne et que j'arrange les choses, continua Rocco, comme sourd à sa réponse. Je me suis mal comporté envers toi. Je n'aurais jamais dû rejeter tes sentiments. Ils t'appartiennent. Alors je voulais te rassurer. Je ne te briserai pas le cœur, Charlotte. Je prendrai soin de toi.

— Parce que je suis la mère de ton enfant.

— Oui, mais pas seulement. Parce que tu comptes pour moi.

Il s'était avancé, et avait pris son menton dans la main.

Le cœur de Charlotte frémit mais elle ne voulait pas se laisser aller à l'espoir. Elle avait été trop souvent déçue.

— Je ne peux te chasser de mes pensées, reprit Rocco, et ce, depuis notre première nuit... Tu m'as transformé...

— Je ne te crois pas, souffla Charlotte.

— Pourquoi te mentirais-je ?

— Pour l'enfant.

— Non, crois-moi. Tu m'as ensorcelé, tu m'as transformé et je l'ai longtemps refusé. J'ai lutté contre ton emprise. Pour moi, le sexe a toujours été un jeu de pouvoir : je couchais avec des femmes, je les satisfaisais et je n'avais besoin de rien d'autre.

— Si tu essaies de me dire qu'entre nous, l'alchimie est si extraordinaire que je la confonds avec de l'amour, épargne-toi cette peine. Faire l'amour avec toi est merveilleux, je le sais, cela m'a suffisamment manqué ces dix derniers jours... Tu as hanté mon esprit à chaque seconde, mais plus que ton corps, c'est toi tout entier que j'aime, Rocco.

— Je le sais.

Charlotte écarquilla les yeux, surprise qu'il le reconnaisse.

— Je suis parti parce que j'espérais que tu reviennes à plus de bon sens, que tu comprennes mieux tes sentiments. Au bout du compte, c'est moi qui ai découvert les miens. J'ai appris à connaître ce que je ressentais là, dit-il en posant cette fois la main sur sa poitrine. J'ai compris pourquoi je ne voulais pas que tu m'aimes.

— Et pourquoi donc ? demanda Charlotte d'une voix altérée.

— Parce que je suis le fils de mon père, en fait...

Les sourcils de Rocco se froncèrent et il poursuivit :

— J'ai tout fait pour suivre un autre chemin que lui, pour faire de meilleurs choix de vie. Quand tu m'as annoncé ta grossesse, tout ce qui comptait pour moi, c'était que l'histoire ne se répète pas. Il fallait que je te soutienne, que tu saches que j'allais aimer cet enfant, m'en occuper. Tout ce que mon père n'avait pas fait... Son cœur est froid, il ne ressent rien. Il a dit un jour à ma mère qu'il ne m'aimait pas parce qu'il avait choisi de n'aimer personne.

Charlotte émit une exclamation de colère indignée.

— C'est horrible de dire une chose pareille !

— Oui. Et stupide. Pourtant, c'était exactement ce que je reproduisais avec toi. Je faisais tout pour ignorer ce que je ressentais à ton égard. Et depuis le premier instant ! Après notre première nuit à New York, je t'ai repoussée parce que ce que nous avions partagé était trop fort, trop réel… je percevais le risque que tu représentais. Je t'ai dit que je ne couchais pas avec les vierges, je t'ai diminuée plutôt que de m'interroger sur ce qui me dérangeait tant.

— Et pourquoi donc ?

— Intuitivement, je savais que je ne pourrais pas te contrôler. Que si je te laissais approcher, je ne pourrais plus me passer de toi. Alors je t'ai écartée, le plus radicalement possible, en espérant que ce soit pour de bon. Mais je ne pouvais pas te chasser de mon esprit, reconnut-il. Je me disais que c'était juste du sexe. Mais à la vérité, c'est bien plus que cela, depuis toujours…

Il s'approcha d'elle et, presque hésitant, encadra son visage de ses mains.

— Pourquoi crois-tu que j'aie insisté pour que nous partions en lune de miel ? poursuivit Rocco. Pourquoi crois-tu que je t'aie emmenée dans ce chalet qui est le lieu que je préfère au monde ? Oui, bien sûr, je voulais coucher avec toi, loin des contraintes du palais. Mais surtout, surtout, égoïstement, je voulais que nous soyons ensemble, juste nous deux. J'étais affamé de toi, de celle que tu es… Mais le sexe était si extraordinaire qu'il était facile de continuer à me mentir, de tout mettre sur le compte du plaisir physique, ou du fait que tu portais mon enfant. Il y avait toujours une bonne excuse pour me rassurer, me faire croire que je contrôlais la situation. Mais rien de cela n'expliquait que j'aie eu envie d'étrangler tes parents la première fois que je les ai vus, ni cette impression de brûler à petit feu quand nous sommes revenus de notre lune de miel et que tu m'as tenu à distance. Je t'ai aimée depuis le premier instant, Charlotte, sans m'autoriser à l'admettre, et si tu n'avais pas eu le courage de m'avouer tes sentiments, je n'aurais sans doute jamais pris conscience des miens. Je t'en prie, dis-moi qu'il n'est pas trop tard...

Elle mordit sa lèvre et leva les yeux sur lui.

— Dis-moi que je n'ai pas tout gâché ! insista Rocco d'une voix étranglée.

— Me promets-tu que tu ne me dises pas tout ceci parce que tu t'y sens obligé, par sens du devoir ? Ou parce que tu as pitié de moi ?

— J'ai pitié des imbéciles qui t'ont méprisée au point que tu puisses imaginer une chose pareille. Je t'aime, Charlotte, et quand je regarde en arrière, je m'aperçois que depuis que je te connais, tout a changé pour moi, sans même parler du fait que je ne regarde plus aucune femme. C'est que tu t'es emparée de mon cœur... Maintenant qu'il est à toi, essaie de bien le traiter, je t'en prie !

Des larmes de joie étaient montées aux yeux de Charlotte et elle acquiesça de la tête.

— Je te le promets. Je suis tellement heureuse que tu te sois éveillé à toi-même... bien que cela t'ait pris un certain temps, ajouta-t-elle avec un léger rire.

La plaisanterie lui montra qu'il était pardonné et Rocco prit ses lèvres avec toute la passion qu'il savait partager avec elle. Mais avec l'amour, aussi, qui coulait entre eux, libre comme le flot d'une rivière...

Épilogue

— Il dort…

Rocco souriait en entrant dans le salon de leur chalet italien où resplendissait un superbe sapin de Noël. Charlotte, l'avait orné de toutes les décorations d'Allegra Santinova, y compris les pommes de pin peintes pour son fils à New York il y avait bien longtemps.

Charlotte se tourna vers son mari, une expression de bonheur serein sur le visage. Leur fils de trois mois, héritier du trône d'Hemmenway, était un bébé de rêve, tout le monde le lui disait. Il avait fait ses nuits à neuf semaines et mangeait de bon appétit. Quand il riait, de petites fossettes se creusaient dans ses joues et tout cela emplissait Charlotte de fierté maternelle.

— Tu sais y faire pour l'endormir…

— Il s'agit de mon fils, répondit Rocco, la poitrine gonflée d'orgueil.

Il ne cachait pas l'adoration qu'il avait pour l'enfant, et cela rendait Charlotte encore plus heureuse. Grâce à elle, Rocco était réconcilié avec l'amour et la tendresse…

Il s'approcha et l'attira dans ses bras. Elle soupira de bonheur.

— J'aime tellement être ici…

Ils venaient souvent dans la vallée de l'Aoste et à chaque

fois, elle éprouvait un sentiment profond de paix. Le chalet à l'orée de la forêt, le petit village aux maisons anciennes représentaient pour elle un havre de tranquillité.

— Surtout à Noël, il me semble, *cara*.

— Oui, et c'est un lieu tellement spécial pour fêter notre premier anniversaire…

— Il t'arrive de repenser à cette nuit-là ? demanda tendrement Rocco.

— Bien sûr… J'ai découvert New York et l'amour en même temps ! Et toi ?

— J'y pense souvent. À cette nuit, à celle que tu étais alors, et qui m'avait fasciné… Et quand je veux me donner des sueurs froides, je me rappelle que j'ai été à deux doigts de tout gâcher…

Elle posa le doigt sur sa bouche.

— Arrête. Laissons cela au passé.

— Oui, heureusement que ce n'est plus d'actualité !

— Ne sois pas trop dur envers toi-même. Crois-tu vraiment qu'il nous aurait été possible de vivre séparés, de ne pas élever notre enfant ensemble ?

— Non, tu as raison, dit-il avec un grand sourire.

C'était inévitable… et parfait ainsi.

— Quand est-ce que le croquemitaine nous attend ? demanda Charlotte, donnant à leur chef de la sécurité le surnom que Rocco lui avait trouvé.

Il se mit à rire.

— Nous sommes censés rentrer la semaine prochaine, pour le banquet du 24 décembre.

— Pas avant ? lança Charlotte avec un petit rire ravi. Comment as-tu réussi ce miracle ?

— En disant au croquemitaine que cela nous convenait mieux ainsi.

— Mon héros ! soupira Charlotte en battant comiquement des cils.

Mais elle lui était sincèrement reconnaissante. C'était grâce à Rocco si leur vie au palais était devenue plus agréable car il refusait de se laisser dicter son agenda. Finalement, tout le monde en avait pris l'habitude. Nicholas respectait Rocco. Quant aux parents de Charlotte, ils étaient quelque peu intimidés par la stature de son mari. Sur son insistance, ils avaient consenti à donner un rôle plus actif à leur fille. Enfin, celle-ci se sentait reconnue pour elle-même.

— Ton héros ? Il va falloir que je mérite ce titre, fit Rocco en attirant Charlotte tout contre lui. Si je calcule bien, nous avons deux heures avant que le bébé ne se réveille. Comment allons-nous les occuper ? Pas à parler du croquemitaine, je l'espère...

— Non, pas tant qu'il nous restera au moins deux bébés à faire, le taquina Charlotte, récompensée par le regard brûlant de Rocco.

Elle se mit à rire tandis qu'il la prenait dans ses bras et la montait à l'étage, dans leur chambre.

Lorsque, plus tard, le bébé fut réveillé et dans les bras sa mère, Rocco sortit un sachet de velours d'un tiroir. Au-dehors, les flocons de neige tourbillonnaient et le feu ronronnait dans la cheminée, créant le décor idéal pour ce qu'il souhaitait faire.

— J'ai quelque chose pour toi, *cara*.

Le cœur de Charlotte se mit à battre un peu plus vite.

— Vraiment ? Et qu'est-ce que c'est ?

Il sourit et lui prit l'enfant des mains.

— Regarde par toi-même.

Elle ouvrit les cordons du sachet et fit glisser le contenu dans sa main. C'était la plus jolie des décorations de Noël, une miniature en argent, faite à la main. Un ruban doré permettait de l'accrocher au sapin. Charlotte poussa un cri d'émerveillement.

— Ça représente le village ! Oh ! Rocco, c'est si joli ! Où te l'es-tu procurée ?

— Je l'ai commandée à un joaillier de New York.

— C'est tellement minutieux ! Je vois même le restaurant où nous avions mangé pendant notre lune de miel. Comment est-ce possible ? Ton joaillier a fait des miracles !

— Je lui ai envoyé une photo du village. Tu voulais des décorations qui aient une valeur sentimentale…

— Celle-ci est parfaite ! Je l'adore !

Rocco n'avait pas oublié son regret de n'avoir au palais que des décorations officielles… N'était-ce pas la preuve de son amour pour elle ?

Le cœur gonflé d'amour, Charlotte se hissa sur la pointe des pieds pour l'embrasser.

— Merci. C'est vrai, je voulais des décorations qui aient du sens. Mais surtout, je voulais ceci, de tout mon cœur, murmura-t-elle en posant la main sur les cheveux duveteux de leur bébé.

Et c'était vrai. Tout ce dont Charlotte avait rêvé devenait réalité. Chaque année, à Noël, elle se rappellerait la beauté de leur premier Noël ensemble, et les promesses éternelles qui en avaient découlé.